U0064008

中學生◉◉文言經典選讀

論語

施仲謀　李敬邦　編著

中華教育

序言

《論語》是孔子和他的弟子的語錄，是孔子學說的寶庫，是修身、齊家、治國的寶鑑，是我國的一部寶書。

《論語》對我國傳統文化影響至深；而且孔子在《論語》中闡述的價值觀，雖日久而彌新，既支配了古代社會的思想，也十分切合當今社會的需要，對我們修身、齊家、治國都能起到相當大的啟發作用。所以我們不可不讀《論語》。

隨着時間的推移，《論語》的精簡文句現在已顯得艱深，如果沒有人加以引導，我們就不容易讀懂《論語》。施仲謀教授和李敬邦先生合撰的《中學生文言經典選讀：論語》，把《論語》的中心思想分為十二章四十八節加以闡釋，在每節發端說一個故事，然後引錄和解釋《論語》的有關文句，最後以誘發深切思考的提問作結。那麼中學生看過提綱挈領式的講解，再經過對有關提問的深切思考，對《論語》自然會產生親切感，日後要自學就不難了。《中學生文言經典選讀：論語》是一本好書，讀者一定能從中獲益，使繼續研讀《論語》變得容易。

施仲謀教授是香港教育大學中國語言學系的系主任，任重而道遠。這次仲謀兄秉承「士不可以不弘毅」的精神，致力弘揚我國體仁行義的傳統價值觀，和同系李敬邦先生合撰《中學生文言經典選讀：論語》，幫助中學生培養積極的人生觀，為日後造福社會作準備，正是「知者利仁」的表現。

何文匯

二零一九年一月

目錄

第一章

教育家孔子

第一節　有教無類

【小故事】

盤珪禪師有一個信徒，這信徒的孩子很喜歡偷東西，無論怎麼打罵、教訓，就是改不了他愛偷竊的惡習。這信徒實在拿他沒辦法，只好請盤珪禪師收這孩子為徒，好好管教一番。

這個孩子出家已有一段日子了，可是還改不了愛偷東西的毛病。一眾弟子都向盤珪禪師反映過，師父總是說會處理，但遲遲未着手。終於到了某天，弟子們忍無可忍，要他老人家趕走那孩子，否則弟子們就要一起走了。盤珪禪師聽了便說：「你們要一起走？那好吧！立刻走吧。」一眾弟子大感愕然。盤珪禪師向他們解釋：「你們都可以走，因為你們都是有德行的出家人，不用我再教導了。但是你們這個師弟，那樣頑劣，我不收留他、教他，誰教他學好呢？」弟子們聽罷，都默不作聲，既佩服師父的慈悲心，又慚愧自己的心量小，不能容人。那個愛偷竊的小和尚，聽到了這番話，也慚愧得很，終於改過遷善。

【原文】

（一）

〈衛靈公〉

子曰：「有教無類[1]。」

（二）

〈述而〉

子曰：「自行束脩[2]以上，吾未嘗無誨[3]焉。」

---

① **類**：類別，可作多解，指族類、家世、階級、身份等均可。

② **束脩**：一束肉脯，作拜師禮之用；另有一解作「束帶修飾」。關於這兩個解釋，詳見【賞析】。

③ **誨**：教誨、教導。

【譯文】

（一）

孔子說：「教育不拘對象的類別。」

（二）

孔子說：「凡奉上一束肉脯或以上作拜師禮者，我沒有不教他的。」

【賞析】

孔子是一位偉大的教育家。在周朝，教育（高等教育）是官辦的，只有將會被培訓為官員的貴族子弟，才能接受教育，出身平民之家者求學無門。孔子提倡平民教育，辦私學，改變了官學壟斷的局面。「有教無類」是孔子辦學的最大特色。只要有學生，不問背景，一律接納，平等看待。他的學生中，有出身貴族世家的，如孟懿子；也有出身低賤的，如仲弓；有富裕的，如子貢；也有貧窮的，如原憲；有天資聰穎的，如顏回；有資質愚魯的，如曾參；有容貌不佳的，如子羽；有口才了得的，如宰予。慕名到孔子處求學的，有近自齊、魯者，有遠自吳、楚者，遠近都有。孔子都一視同仁，讓他們有平等接受教育的機會。

第二個篇章，意思相若，都是孔子熱心教人，但卻設了一個條件，就是「自行束脩以上」，甚麼意思呢？朱熹說：「脩，脯也。」「十脡為束」，意指束脩即一束十條的肉乾，乃用作拜師的贄禮。故據此解釋，凡奉上此禮或以上前來拜師的人，孔子一概收其為徒。另一個解釋來自東漢經學家鄭玄的注解，他指，古時男子年十五以上，行束帶修飾之禮。故據此解釋，但凡男子到了適學的年齡，向孔子求學的，孔子一概來者不拒。

以上兩個解釋均可通。可是若按前一個解釋，便會衍生出一個疑問，就是孔子是否以物質來衡量弟子能否入門的條件呢？那些貧窮的學子，孔子是否就不肯收為徒弟呢？事實上，十條肉乾，在當時只是很微薄的禮物，而孔子門下，不乏一貧如洗的弟子，像原憲、顏回等，孔子也沒有嫌棄他們，當中，顏回更是孔子最喜愛的弟子。可見孔子收徒，並非以物質為標準。

推而廣之，孔子的「教」其實不限於他的學生，凡是來請教他的人，不論是君主、達官貴人、知識分子，抑或是販夫走卒、農夫、老人等，孔子都來者不拒。這大概就是孔子「誨人不倦」的精神吧。

【想一想】

（1）孔子說「有教無類」，我們在日常生活中也不時會做別人的「老師」，教別人做某些事情。能否分享一下你教人的經驗？

（2）古人以為男子滿十五歲為人生一個重要的里程，孔子也說「吾十有五而志於學」，你快到／已到這個年齡了，你的志向是甚麼？

【知識小學堂】

「束脩」一詞該作何解？

答：如前所述，「束脩」一詞可解作一束肉脯，也可解作男子十五歲；然而在古籍中還有別的解法。西漢桓寬《鹽鐵論·貧富》卷四有云：「余結髮束脩，年十三幸得宿衛。」這句話說我（桑弘羊）束髮修飾，十三歲時得宿衛一職。可見束髮修飾，並不一定指十五歲。又，《後漢書·皇后紀上》有云：「先公既以武功書之竹帛，兼以文德教化子孫，故能束脩，不觸羅網。」李顯注曰：「言能自約束修整也。」即自我約束、修整自身之意。正因為「束脩」多歧義，難怪後世解讀者各執一詞，莫衷一是了。

第二節 差異教學

【小故事】

洪七公偶遇黃蓉與郭靖。黃蓉廚藝了得，因知來者是武學大師，且為人嗜吃，有意要他傳授上乘武功，故費盡心機，烹調各式佳餚給洪七公品嚐。洪七公亦看出他們會武功，知其心意，也大方答應。偏生黃蓉與郭靖兩人，學武資質相差很遠。黃蓉天資聰敏，一點就會，可是郭靖卻愚笨魯鈍，故洪七公要教他二人也頗費心思。黃蓉心靈手巧，洪七公傳她一套變招多，技巧複雜，運用全憑靈活變化的「逍遙遊掌法」。至於郭靖呢，變化複雜的學不會，最適宜虛招少、無花巧、一味講究剛勁沉實的「降龍十八掌」。洪七公能針對二人資質的差異傳授武功，最終二人都學會上乘武功。

【原文】

（一）

〈雍也〉

子曰：「中人以上[1]，可以語上[2]也；中人以下，不可以語上也。」

（二）

〈陽貨〉

子曰：「唯上知[3]與下愚[4]不移[5]。」

---

① **中人以上**：資質中等以上的人。

② **語上**：語，動詞，告訴。上，名詞，上等，此處指高深的道理、知識、學問等。語上，告訴他上等或高深的學問。

③ **上知**：「知」通「智」，指資質上等的「智者」。

④ **下愚**：指資質下等的「愚者」。

⑤ **移**：改變。

【譯文】

（一）

孔子說：「對資質中等以上的人，可以告訴他高深的學問；對資質中等以下的人，不可以告訴他高深的學問。」

（二）

孔子說：「只有上等的智者，和下等的愚者，不會改變。」

【賞析】

孔子主張教育不應拘限於人的類別，凡是願意來求學的，他都一視同仁。然而，一視同仁，平等對待，指的是給予教育的機會，而不是說對所有學生都按同一方式教育。孔子認為人的資質有高下之別，條件不同，所需的教育也不同，教學的內容與教育的方法自然也有所不同。人的資質，籠統地分，可以分為上中下三等，當然也可以再細分。班固在《漢書》的「古今人表」中便把人分為九等，其中上上為聖人，上中為仁人，上下為知人等。三國曹魏時的「九品中正制」，也用類似的分法。邢昺《論語注疏》中也說：「人之才識凡有九等：謂上上、上中、上下、中上、中中、中下、下上、下中、下下也。」這些分法，漢代以後才出現，未必與孔子原意完全相合，但也可作為參考。

資質最上等的，是不學而知的聖人。《論語．季氏》：「生而知之者，上也。」這等人不必經過學習，便能做個有智慧、有道德的人，故說「不移」。最下等的，是資質很差，卻又不肯學習的人，《論語．季氏》中說：「困而不學者，民斯為下矣。」這樣的人，不可教，故說「不移」。

然而，資質最好與資質最差的人，在人口比例上，都只佔極少數，絕大部分的是資質中等的人。對資質中等以上的人，可以告訴他們高深的學問，但對資質中等以下的人，則不可以告訴他們高深的學問。這裏說的「不可以」，是不適宜、不適用，甚至可能說了比不說更糟。為甚麼呢？這是因為教學的內容須與受教者的理解能力相符才行。如果教授的內容超出了學生的理解能力，只會浪費時間，更有可能帶來負面效果。教的內容太難，學生學不來，跟不上，會有挫折感，造成心理壓力；而對於超出他們所能理解的內容，他們可能會產生誤解和曲解，結果越學越錯。孔子早在二千多年前，便了解到老師須因應學生的資質，調整教學內容，是很有先見之明的。

【想一想】

（1）你有沒有遇過一些天賦很高，不用老師教導便能通曉課程內容的同學？老師怎樣對待這些學生？

（2）你有沒有遇過一些天賦不佳但又不肯學習的同學？老師怎樣對待這些學生？

【知識小學堂】

曹魏的「九品中正制」是怎樣的？

答：「九品中正制」，又稱「九品官人法」，由三國魏文帝曹丕時吏部尚書陳群提出。漢末天下大亂，原有的察舉制度難以推行，朝廷官員的任免被門閥把持，賄選盛行。陳群遂提出「九品中正制」取而代之。按「九品中正制」，人才共分成九品：上上、上中、上下、中上、中中、中下、下上、下中、下下。負責品評人才的是「中正官」，由中央任命，按官方標準查訪及評定州郡人士，給予品評，呈上中央，作為官員任免升降的依據。

第三節　因材施教

【小故事】

藥山惟儼和尚前往湖南衡山，向石頭希遷禪師求教。一見面，他便對石頭希遷說：「聽說南方有『直指人心，見性成佛』的禪門法要，請師父慈悲，指點一下。」石頭希遷回答道：「這樣也不得，不這樣也不得，這樣不這樣總是不得，那你怎麼辦？」藥山惟儼茫然不知所措。石頭希遷對他說：「你的因緣不在我這兒，到馬祖道一禪師那兒去吧。」

藥山惟儼於是前往江西參禮馬祖道一，再提出之前那條問題。馬祖道一回答道：「我有時教他揚眉眨眼，有時不教他揚眉眨眼，有時揚眉眨眼是對的，有時揚眉眨眼不對，你怎麼理解？」藥山惟儼一聽，當下大悟。對同一條問題，兩位禪師作出不同的答覆，結果也不一樣。因應禪修者的根機而作有針對性的啟發，稱之為「對機說法」，是一種「因材施教」的教學法。

【原文】

〈先進〉

子路[1]問：「聞斯行諸[2]？」子曰：「有父兄在，如之何其聞斯行之！」冉有[3]問：「聞斯行諸？」子曰：「聞斯行之。」公西華[4]曰：「由也問：『聞斯行諸？』子曰：『有父兄在。』求也問：『聞斯行諸？』子曰：『聞斯行之。』赤也惑，敢問。」子曰：「求也退[5]，故進[6]之；由也兼人[7]，故退[8]之。」

---

① **子路**：姓仲，名由，字子路，一字季路，春秋末魯國人，孔門「十哲」之一。

② **聞斯行諸**：聽到合於義理的事便該立刻去做嗎？斯，代詞。諸，疑問語氣詞。

③ **冉有**：姓冉，名求，字子有，春秋末魯國人，孔門「十哲」之一。

④ **公西華**：姓公西，名赤，字子華，春秋末魯國人，擅長祭祀與外交。

⑤ **退**：形容詞，退縮、謙遜；一解作遲疑。

⑥ **進**：使動詞，即使進取。

⑦ **兼人**：即勝人，此處指勇氣過人。

⑧ **退**：使動詞，即使謙退。

【譯文】

子路問：「聽到合於義理的事便該立刻去做嗎？」孔子說：「有父兄在上，怎可聽到便立刻去做呢？」冉有問：「聽到合於義理的事便該立刻去做嗎？」孔子說：「聽到便立刻去做。」公西華說：「仲由問：『聽到合於義理的事便該立刻去做嗎？』老師說：『有父兄在上。』冉求問：『聽到合於義理的事便該立刻去做嗎？』老師說：『聽到便立刻去做。』我對此感到疑惑，斗膽請問老師。」孔子說：「冉求生性退縮，所以我要他進取；仲由勇氣過人，所以我要他謙退。」

【賞析】

在上一節所選篇章中，孔子指出了人的資質有高下之別，教師須因應學生的水平調整教學內容和教學手法。這個道理，孔子早在兩千多年前已明白並且提出了，可惜的是，後世有某些教育工作者，主張按同一模式、同一課程、同一教材，用同等的時間，把學生用同一個模子鑄出來，教育至同等的程度，認為這樣才是「公平」。這種教育法已被證明為不可行。

「因材施教」需全面地照顧到學生的特質。老師不單要了解學生的資質高低，還要了解學生的性格、長處、短處、志趣、習慣、學習模式、知識水平等各方面的情況，度身訂造最適合的教學內容，方能達到「因材施教」的效果。孔子就能做到「因材施教」。在這章中，孔子就同一個問題，對兩位學生給予了相反的答案。子路為人見義勇為，但往往過於進取。《論語・公冶長》也說：「子路有聞，未之能行，唯恐有聞。」意思是說，子路聽到一個道理或一件該做的事，便急急要去做，還未做好時，便生怕再聽到另一樣新的，但應付不來。可見子路能勇往直前，但卻不免失之輕率、魯莽，難怪孔子要壓壓他。

冉有則相反，為人謙遜，遇事每每退縮。《論語·雍也》中記載：「冉求曰：『非不說子之道，力不足也。』」他贊同孔子的道理，但卻說力量不足，無法照做。孔子了解他不是力不足，而是勇氣不夠，以致明知是正確的事也不放膽去做，因此孔子鼓勵他，要他進取，聽到該做的事便立刻去做吧！在這一篇章中，我們看到孔子如何因應學生的個性特點而作有針對性的教導。

【想一想】

（1）孔子就「聽到合於義理的事便該立刻去做嗎」這個問題作出了兩個截然不同的回答。對這個問題你怎麼看？你認為哪個答案更適合你？抑或你有和這兩個答案不同的見解？試分析一下。

（2）在你以往求學生涯中，有沒有遇到老師能針對你或你同學的性格、能力、學識水平等作出「因材施教」？詳細情形是怎樣的？收到怎樣的學習效果？試分享這方面的經驗。

【知識小學堂】

大家知不知道俗語「走江湖」一詞從何而來？

答：「走江湖」一詞，現在常用以指演戲者、賣武者、雜耍表演者、卜卦算命者等工作場所不固定的人，四處飄泊謀生的意思。這個詞語原來來自佛教。古時長「江」與洞庭「湖」之際，道場林立，參禪者來回其間，「走江湖」一詞便由此而來。

第四節 舉一反三

【小故事】

牛頭法融禪師在幽棲寺修行。一日，道信禪師來訪，看到他端坐自若，便對他說：「你在此做甚麼？」牛頭法融答道：「觀心。」道信禪師便問他：「觀是何人？心是何物？」牛頭法融答不上來。兩人一起走到後面的小庵，這裏有猛獸出沒，道信禪師作出害怕的姿態，牛頭法融見狀便說：「猶有這個在？」道信禪師答道：「這個是甚麼？」牛頭法融又被問住。過了一會兒，道信禪師在牛頭法融的座位上寫一個「佛」字，牛頭法融大驚，不敢坐上去。道信禪師說：「猶有這個在？」牛頭法融向道信禪師作禮，請其開示法要。道信禪師見時機到了，便向他講解禪宗的精要，牛頭法融當下領悟了。道信禪師多次對牛頭法融製造難題，向他提出難以解答的問題，並創造令他驚訝的場景，使其心中產生疑問和困惑。對佛法產生疑問和困惑，從而使修行者想進一步追問下去，在禪宗的術語中，稱之為「起疑情」。這種先令參禪者起疑情，再相機啟發，使他開悟的教學法，十分有效。

【原文】

〈述而〉

子曰：「不憤不啟[1]，不悱不發[2]。舉一隅不以三隅反[3]，則不復[4]也。」

① **憤**：心求通而未得之意。**啟**：開導其心意。

② **悱**：口欲言而未能之貌。**發**：引發其言辭。

③ **舉**：舉出；一說解提示。**隅**：角落，這裏解作某方面。**反**：以此類推。

④ **復**：再告訴他。

【譯文】

孔子說：「教導學生時，不到學生心中想把知識弄個明白而未能夠的時候，我不會去開導他；不到學生有話想說而無法表達時，我不會引發他把話說出來。如果我對學生指出了一個方面，他不能推知另外的相關層面，我便不再繼續教他了。」

【賞析】

在本章中，我們了解到孔子普及教育的理想，主張「有教無類」，而終生「誨人不倦」，做到「因材施教」。本節所選篇章中，我們更進一步學習孔子以「啟發」的原則來教學生。

孔子說：「不憤不啟」。「憤」，是心中想把知識弄個明白而未能夠的意思。首先，我們要注意學生須先有學習動機，否則，老師教的學問，他根本沒有興趣，也聽不入耳，這時只是白費功夫。但是，老師不能一直被動的等，而應主動激發學生的學習興趣。孔子便能做到這點，因此顏回讚美孔子：「夫子循循然善誘人。」(《論語・子罕》)。學生的學習動機被激發了，孔子還要讓學生嘗試過把問題弄明白，想不通，才去啟發他。學生用心嘗試過，努力過，自己思考過，想通了，不用問老師，固然最好；想不通，也不是壞事，這也是學習過程的一部分。產生疑問，反覆思考，即使未想出答案，也能在思考的過程中加深對知識的了解和體會。

「啟」「發」二字也值得玩味。孔子不說「解」「答」，而說「啟」「發」，說明了高明的老師，要懂得引導學生自行找出答案，而不是直接把答案告訴學生，單方面地灌輸知識。怎麼「啟」「發」呢？孔子接着說，要「舉一隅」，使學生「反三隅」。指出答案的一端，誘發學生去推想其他的方面，從而「舉一反三」。世間的學問是無窮無盡的，老師能教的只是極少部分，其餘的要靠學生自己學習和領悟。因此，高明的老師會積極向學生傳授思考方法，鍛煉學生的分析能力，培養學生的自學興趣。這樣的教導，讓學生畢生受用無窮。

【想一想】

（1）在你的學習過程中有沒有試過反覆思考同一問題卻想不到答案？那時你怎麼做？有沒有請教老師、同學、家人、朋友？抑或自己在書本或網絡找答案？還是暫時放下不再想？最終能否得到解答？試分享這樣的經驗。

（2）孔子注重培訓學生「舉一反三」的能力。你在學習過程中能否經常做到「舉一反三」？有沒有刻意訓練過自己這方面的能力？怎樣才能加強它？試和同學交流學習心得並向老師請教提升之法。

【知識小學堂】

顏回既盛讚孔子「循循然善誘人」，他心中的老師形象是怎樣的？

答：在《論語．子罕》中，顏回盛讚孔子的學問、智慧、人格風範，越仰望越覺其崇高，越鑽研越覺其堅實。一時在前，忽然在後，恍惚而不可捉摸。顏回接着說，老師循着次序，一步步地引導人，以各種文獻知識來豐富他，以禮儀來約束他，使他想停止學習也不能夠。他已竭盡才力去學習，提升自己，但仍見到孔子之道像在前面高聳矗立着，想再往前追從，也感到無路可由了。顏回的道德學問俱臻上乘，連他也歎服老師的德風崇高而不可企及。大哉孔子！

一、 選擇題

（1） 以下哪一個是孔子的辦學模式？

A. 私立教育 B. 官立教育

C. 經院教育 D. 僧團教育

（2） 孔子認為教育內容的深淺該視乎甚麼而調整？

A. 學生的財富 B. 學生的資質

C. 學生的外表 D. 學生的出身

（3） 為甚麼「上知不移」？

A. 上知不學而知 B. 上知很驕傲

C. 上知很固執 D. 上知很瘋狂

（4） 為甚麼「下愚不移」？

A. 下愚很窮 B. 下愚身子很弱

C. 下愚不肯學習 D. 下愚運氣很差

（5） 「聞斯行諸」中的「斯」指甚麼？

A. 合於義理的事 B. 對己有利的事

C. 有趣的事 D. 刺激的事

（6） 從文中所見，冉有的性格特質是怎樣的？

A. 固執 B. 蠻不講理

C. 衝動 D. 退縮

（7） 從文中所見，子路的性格特質是怎樣的？

A. 怯懦 B. 懶惰

C. 溫文 D. 果敢

（8） 孔子提到的類推思考能力，被後人稱之為甚麼？

A. 舉一反三 B. 觸類旁通

C. 先破後立 D. 枚舉歸納

(9) 孔子的教育方式屬於以下哪一種？

A. 誘導啟發　　B. 填鴨灌輸

C. 考試為本　　D. 實驗教學

二、 字詞解釋 / 語譯

(1) 據朱熹的解釋，「束脩」的意思是甚麼？

____

(2) 據鄭玄的解釋，「束脩」指多少歲？

____

(3) 「中人以上，可以語上也」中「語上」的「上」指甚麼？

____

(4) 「悱」的意思是甚麼？

____

三、 短答

(1) 孔子認為何時才是解答學生心中疑問的適當時機？

____

____

(2) 子路和冉有均詢問孔子同一條問題，但孔子卻因應兩人不同的性格而作不同的答覆。這屬於怎樣的教學法？

____

____

第二章

學習過程

第一節　全面發展

【小故事】

管寧和華歆自小就是一對好友，常常一起學習。有一次，他們一起在菜園中耕作，在鋤地時發現了一塊金子，管寧如常地揮着鋤頭，視金子如石頭瓦片般無異，但華歆則把金子拾起，在手中把玩一會兒，才把金子擲去。又有一次，他們在同席讀書時，街上傳來一陣喧鬧聲，原來有達官貴人，乘着馬車經過，管寧充耳不聞，依然很專心地讀書，華歆卻放下書本，走出門口去看熱鬧。華歆歸來後，管寧便拿刀子，把席子割開，對華歆說：「你不是我的朋友。」從此和華歆絕交。

求學時有朋友一起學習是好的。《禮記》云：「獨學而無友，則孤陋而寡聞。」學習時有朋友，既可增加學習的趣味，也可以透過切磋交流，提升學習的效果。可是，我們擇友時要審慎，應當明智地和學問好、品德高的人做朋友，多向他們學習。至於對品學不佳的朋友，我們可以好言相勸，使他們能改善；如若無效，則宜警惕，保持距離。

【原文】

〈學而〉

子曰：「學而時[1]習[2]之，不亦說[3]乎？有朋[4]自遠方來，不亦樂乎？人不知而不慍[5]，不亦君子乎？」

---

① **時**：有兩解，一作「時常」，一作「在適當的時候」，按，「時」字在《論語》其他地方，均作「在適當的時候」解，故本章取這個解釋。

② **習**：有兩解，一作「溫習」，一作「實習」。如把「時」解作「時常」，則「習」宜解作「溫習」；如把「時」解作「在適當的時候」，則「習」宜解作「實習」，故本章取後者的解釋。

③ **說**：通「悅」。

④ **朋**：可解作「朋友」，或解作「志同道合的人」；也有學者解作「同門曰朋」，指同一個老師門下的同學。

⑤ **慍**：怨恨。

【譯文】

孔子說：「學習了知識，並能夠在適當的時機實踐它，不是很令人欣喜嗎？有志同道合的人自遠方來一起學習，不是很令人快樂嗎？別人不了解自己，也無怨恨，不正是君子應有的修養嗎？」

【賞析】

中國古人編書時，往往把最重要的內容放在第一篇。《論語》編著者把本篇章放於首篇篇首，相信必有深意。孔子的門人在《論語》的開頭標出了一個「學」字，「學」乃《論語》的中心，也是儒家學說的中心。「學」，學甚麼呢？儒家的「學」，重點不是記問之學、章句之學，乃至各種知識之學，而是「生命之學」「生命提升之學」，簡單一點說，就是學做人。做怎樣的人呢？答案在本句的結尾，就是「君子」。《論語》的中心，就是教人通過「學習」，成為「君子」。學做君子，該怎樣入手呢？學做君子，不能單憑書本的知識或從老師處學來的知識，更重要的是「學而時習之」，在適當的時機實踐它，深化學習，提高修養。看到自己一直進步，自然會有滿足感，當然是可喜的事了。

儒家做人的學問，須和別人相處，成全自己，也成全別人，在與人互動的過程中提升生命。孔子接着說「有朋自遠方來」，是因為做到了「學而時習之」，自有遠方的人慕名而來。遠方的人都來了，那鄰近的人，自然也會來了。來了又怎樣？那便是一起「學而時習之」，切磋學問，實踐道德，亦即「君子以文會友，以友輔仁」(《論語・顏淵》)。這當然是值得快樂的事了。可是，要是致力於學問與道德修養，卻沒有人了解、賞識，是否便會不快樂，甚至心懷怨恨呢？孔子說，作為一個君子，是不會這樣的。這取決於精神境界的高低。借用佛家的術語，常人是「心被物轉」，別人不了解他或不賞識他，他便會不高興；君子能做到「心不被物轉」，別人不了解他或不賞識他，也不會不高興；至於聖人，則更可達到「心能轉物」的境界了。這裏可看出小人、君子與聖人，在精神境界的高低之別。

【想一想】

（1）你們在求學期間，老師教了不少做人的道理，你們有沒有嘗試去實踐？試和同學分享這方面的學習經驗。

（2）你們和朋友在一起時，通常做些甚麼？玩耍？聊天？切磋學問？做甚麼最快樂？

【知識小學堂】

孔子是甚麼時候開始這樣好學的呢？

答：孔子畢生致力於「學」，他說「學而不厭」(《論語·述而》)，又說「十室之邑，必有忠信如丘者焉，不如丘之好學也」(《論語·公冶長》)。他自言「吾十有五而志于學」(《論語·為政》)，原來，孔子好學是在十五歲時開始的（詳見下一節）。

第二節 終身學習

【小故事】

王守仁年幼時已聰慧過人，五歲時某日，在家人面前背出祖父讀過的書，祖父很驚訝地問他，他說：「聽祖父讀過，記住了。」十二歲從塾師就學。某日，王守仁問老師：「甚麼是天下第一等事？」老師回答說：「唯有讀書中舉一事了。」王守仁對這個答覆不太滿意，他對老師說：「中舉恐怕不是第一等事，第一等事應該是讀書做聖賢吧。」十八歲時，王守仁拜訪著名學者婁一齋，聽到「聖人必可學而至」，深受啟發，更堅定了他學做聖人的志向。

王守仁二十八歲中進士，但仕途並非一帆風順。他因得罪了宦官劉瑾，結果被貶至貴州龍場當驛丞，但他沒有因此而氣餒，反而潛心鑽研理學，學問大有進境。王守仁聲譽日隆，漸獲朝廷重用，先後帶兵平定寧王宸濠叛亂與南方民變，官拜兵部尚書。

然而，王守仁一生最大的成就不是做官，而是講學與著述。他的著作被輯成《王文成公全書》三十八卷，其中《傳習錄》及《大學問》是極為重要的哲學著作。王守仁的學說被稱為「陽明學」，其思想繼承宋代理學家陸九淵之學說，合稱為「陸王心學」。王守仁被後世認為是中國歷史上偉大的哲學家之一，不負少年時要做聖人之志。

【原文】

〈為政〉

子曰：「吾十有五[1]而志于[2]學，三十而立[3]，四十而不惑[4]，五十而知天命[5]，六十而耳順[6]，七十而從[7]心所欲不逾矩[8]。」

---

① **十有五**：「有」即「又」，「十又五」即「十五」。

② **于**：通「於」。

③ **立**：自立；立足於世。

④ **不惑**：沒有疑惑。

⑤ **天命**：天地法則或上天所定的命運。

⑥ **耳順**：亦有多解，主要有兩種說法，一謂「聽到別人說的話便了解到他背後的或真正的意思」；一謂「無論聽到甚麼都不會違逆於心」，本章取後者的解法。

⑦ **從**：有二解，若作「從」，解作「隨」；若作「縱」，解作「放任」。均可通。

⑧ **不逾矩**：不超出或違反規矩、法度。

【譯文】

孔子說：「我十五歲時立志求學問；三十歲時能自立；四十歲時對世事沒有疑惑；五十歲時知道天命；六十歲時無論聽到甚麼都不會違逆於心；七十歲時任心中想做甚麼便做甚麼，也不會越出規矩法度。」

【賞析】

孔子回顧從自己十五歲起，一直到七十歲之時，而孔子世壽七十三歲，故這段話當是孔子老年總結自己一生的成長歷程，意義非凡。這段話更成為了後世儒者學做聖人的指南。

古時男子十五歲束髮修飾，以示成年，並於十五歲起接受高等教育。不過，一般人即使成年或入學，也不一定有「志」，有「志」也不一定是志於「學」。孔子的非凡處，在於十五歲時已「志於學」，並且終生學而不厭。孔子三十歲能自立，能立足於社會，憑的是甚麼？便是十五歲起志於學，學有所成，故能昂然挺立。為甚麼四十歲時能對世事沒有疑惑？因孔子那時已是智者，「知者不惑」，憑藉的，也是「學」；有「學」，明事理，故能「不惑」。同樣，五十能知天命，依靠的也是「學」和智慧。孔子到了六十歲，對別人怎樣評價自己，以至聽到甚麼，都不會違逆於心。憑的是甚麼？是「學」，也是修養。心中有自信，有主宰，不為外物所動，故能聽逆耳之言而心不動也。孔子到七十歲時，「從心所欲不逾矩」，達到聖人境界。常人不能時時念念向善，若果真的從心所欲而行，難免會作惡。孔子經過了數十年的道德實踐，他的心已受過訓練，能做到起心動念皆合乎道義，所以他能信任自己的心，隨心而行都不會違背禮法。

【想一想】

（1）同學們，你們現在的年紀和孔子十五歲時相仿，你們的志向又是甚麼呢？

（2）你們求學的目標是甚麼？為了考取高分數？為了日後找到高薪厚職？為了求知識，學做人？為了增值，提升自己？

【知識小學堂】

古人怎樣把孔子這段話變成不同年齡的代稱？

答：孔子這段話影響深遠，後世把孔子對各人生階段的描述作為不同年齡的代稱，如稱三十歲為「而立」之年，四十歲為「不惑」之年，五十歲為「知命」之年，六十歲為「耳順」之年。

第三節　勤於思考

【小故事】

某日，戴震聽老師講授朱熹的《大學章句》。當講到「右經一章」時，戴震聽後心中有疑問，他說：「老師，您剛才說『經』是孔子的話，由曾子記述；『傳』是曾子解釋『經』的話，由他的弟子記述。請問有何根據呢？」老師回答說：「這些都是朱熹說的。」戴震接着問:「朱熹是哪個朝代的人？」老師答道:「宋朝人。」戴震接着問:「孔子和曾子又是哪個朝代的人？」老師答道：「都是周朝人。」戴震接着問：「他們相隔了多少年？」老師答道：「大約兩千年吧。」戴震接着問：「既然相隔了兩千年，那朱熹憑甚麼知道『經』是孔子的話，而『傳』是曾子的話呢？」老師一時語塞。

戴震學習，善於思考，不輕易相信書本、老師或其他任何權威，勇於發問和求證，治學嚴謹，終於成為成就卓著的大學者。

【原文】

（一）

〈衛靈公〉

子曰：「吾嘗[1]終日不食，終夜不寢[2]，以思，無益，不如學也。」

（二）

〈為政〉

子曰：「學而不思則罔[3]，思而不學則殆[4]。」

---

① **嘗**：曾經、嘗試。

② **寢**：睡覺。

③ **罔**：有兩解，一通「惘」，迷惘無所得；一解作「誣罔」，即欺騙。兩者皆可通。

④ **殆**：有兩解，一解作「危殆」，即有危險；一通「怠」，即倦怠。兩者皆可通。

【譯文】

（一）

孔子說：「我曾經整日不吃飯，整夜不睡覺，只是去思考，結果卻沒有甚麼益處，還不如去學習好了。」

（二）

孔子說：「光是學習而不思考，使人迷惘而無所得；光是思考而不學習，只是耗費精神，使人倦怠。」

【賞析】

孔門一向重「學」。「學」要得其法，才有效果，關鍵之一，就是學習要經過「思」，思考過，才能消化學到的知識；但思考，也不是漫無目的地胡思亂想，必須結合學問，有根有據地思考，才能有條理、有秩序，使學習能收到良好的效果。這兩個篇章討論的正是「學」與「思」的關係，兩者該如何運用，如何配合呢？這個問題非常重要，須好好探討一下。

孔子學習很用心，他曾經廢寢忘餐地思考，可是卻一無所得。為甚麼呢？那是因為思考脫離了實際，只是空想，沒有根據，還不如去學習吧。可是，孔子並非片面地反對思考。他說，學習如果不思考，便不能消化和吸收知識，只會使人迷惘，沒有得着。「罔」字如作「誣罔」解，就是欺騙，被書本或老師欺騙。從書本或老師得來的知識，不一定是正確無誤的，因此古人說：「盡信書不如無書。」那麼，我們該怎辦呢？那便要「思」，用理性分析去分辨對錯。由此可見，思考的作用大得很呢。可是，思考也不能脫離學習，否則只會白費精神。「思而不學則殆」的「殆」字，亦可作「危殆」解，即這樣做有危險性，容易令人想錯，產生疑惑、誤解、鑽入牛角尖，甚至越想越錯。可見「學」與「思」兩者必須結合。

「學」與「思」的關係，對我們的學習確有很大影響，值得我們思考一下。當然，思考時別忘了要結合學習啊！

【想一想】

（1）孔子為了思考問題而廢寢忘餐，你有沒有試過沉迷於一件事以至於廢寢忘餐？如果有，是甚麼？玩智能手機？玩電腦遊戲？追看電視劇？看足球比賽？讀小說？

（2）在你的學習過程中，你有沒有試過為了找尋答案而長時間苦苦思索？如果有，那是甚麼問題？最後如何找到答案？

【知識小學堂】

「盡信書不如無書」這句古語的出處在哪裏？

答：這句話出自《孟子．盡心下》，「書」指《尚書》。《尚書》〈武成〉篇上記載，周武王討伐商紂王時，交戰於牧野，殺得血流成河。孟子認為武王伐紂，是仁義之師討伐暴君，必然一舉取得大勝的，何至於殺得血流成河呢？因此孟子不相信它。後人用「盡信書不如無書」這句說話，教我們讀書不要拘泥於書本上所說的話，要懂得求證、分析，融會貫通才行。

第四節 積極探究

【小故事】

曾國藩的父親是一名塾師，對兒子的功名仕途寄望很大。某天，他命兒子背《岳陽樓記》。曾國藩在卧室閉門苦讀，到了深夜，房燈仍是亮着。那晚，他家來了一個小偷，潛伏在暗角，等機會下手。這小偷一邊等，一邊聽曾國藩唸書，久久未完，終於忍無可忍，出聲罵曾國藩：「你真笨！唸來唸去還不會背，我聽你唸幾回已能背下來了！」曾國藩不太相信，要他背來聽聽。果然，那人一字不漏地把全篇《岳陽樓記》背了出來。曾國藩很驚訝，問他是甚麼人。一問，那人不出聲便走了，曾國藩才明白這個不速之客是小偷。沒想到自己堂堂一個讀書人，居然還比不上一個小偷，給他戲弄了一回。曾國藩視此為奇恥大辱，從此發憤讀書。終於，他二十七歲時中進士，晉身官場，日後更成為一代名臣。

【原文】

（一）

〈述而〉

子曰：「我非生而知之者，好古[1]，敏[2]以求之者也。」

（二）

〈季氏〉

子曰：「生而知之[3]者，上也；學而知之者，次也；困而學之，又其次也；困而不學，民斯為下矣。」

---

① **好**：作動詞，喜好、愛好。**古**：指古代的文化、知識。

② **敏**：有兩解，一指敏捷、疾速；一指黽勉、努力。

③ **之**：指事理、知識等。

【譯文】

（一）

孔子說：「我並非生來便知道事理的人，而是喜好古代的文化知識，勉力追求而得來的。」

（二）

孔子說：「生來便知道事理的人，為上等；學習然後知道的，次一等；遇到困難後才學習，又次一等；遇到困難仍不肯學習的，那是最下等的了。」

【賞析】

在本節，孔子談到了天資、明事理與學習，這三者的相互關係。在社會上，人人都需要明事理，掌握知識，方能立身處世，在群體中生活。然而，人的資質有高下，學習所需的努力各有不同。在這兩段原文中，我們可以看到不同資質相應需要的學習情況。這兩段原文中都提到「生而知之」，指的是知識。可是知識也有很多方面，有些可憑天賦知曉，有些必需經過後天學習。比如說事理，可憑智慧領悟、推斷，但如果是文字、禮儀、歷史等方面的知識，則必須由學習得來。在第一段原文中，孔子自言自己並非生下來就懂得事理的人。孔子以學問名世，曾有人問他是否生下來便懂得那麼多，他回答說，那是因為出身低下，受過磨練，那些才能都是從生活當中學習得來的。「敏以求之」，就是經過後天努力學來。

在第二段原文中，孔子把人分成四個等級，後世學者逐一配以標籤：最上等的，是天生就明事理的，不用學習也知道，那是「聖人」，連孔子也不敢以此自居；次一等的，是原本也不明白事理，經過主動學習後，才知道的，那是「上賢」，孔子自認為屬於這一等；再次一等的，是遇到困難時，才醒覺到要學習，那是「中賢」；最差的是，遇到困難，依然不肯學習，那是「下愚」，畢生進步無望了。由此可見，除聖人不需學習，下愚不肯學習外，一般中等資質的人，都需要不斷學習，才能不斷進步。孔子學習，先立志，「志于學」;「學而時習之」，注重實踐，靈活運用；「學而思」，邊學習，邊思考，兩者結合；還要終身努力學習，「敏以求之」。大家以孔子做榜樣，好好學習吧！

【想一想】

（1）孔子自言「好古」，你喜歡古代的文化嗎？如果喜歡，喜歡哪一個國家的古代文化多一些？是中國？希臘？阿拉伯？波斯？印度？抑或其他？為甚麼？

（2）孔子把人的資質分成四等。回顧你的學習過程，課堂中學到的知識，你多數是不用教便懂得的？還是主動學習得來的？抑或遇到困難時才學習的？又抑或遇到困難也不願意學習？

【知識小學堂】

孔子提到自己的身世時說：「吾少也賤，故多能鄙事。」那麼，孔子年少時做過甚麼低下的工作呢？

答：孔子年輕時曾經當過「委吏」，即管帳先生（另有一解作倉務員），相當於現在的會計文員或出納員；又做過「乘田」，即打理牧場、畜牧牛羊的職員。

【強化訓練】

一、 選擇題

（1） 《論語》第一章的主旨是要教人成為甚麼？

A. 大官　　B. 君子

C. 勇士　　D. 專才

（2） 孔子年紀多大時立志求學問？

A. 五歲　　B. 十歲

C. 十五歲　　D. 二十歲

（3） 「三十而立」中的「立」是甚麼意思？

A. 自立　　B. 立定決心

C. 成家立室　　D. 立法

（4） 「耳順之年」指甚麼年紀？

A. 五十歲　　B. 六十歲

C. 七十歲　　D. 八十歲

（5） 孔子曾沉迷於思考問題，據他所說，他沉迷到甚麼程度？

A. 終日不吃飯　　B. 三日不沐浴

C. 五日不更衣　　D. 十日不出門

（6） 光是思考而不結合學習有好些壞處，以下哪一個**不是**本章內容提到的壞處？

A. 光是思考而不學習無法使人得益

B. 思考太多令人腦部加速老化

C. 空想脫離實際

D. 沒有根據地思考容易越想越錯

（7） 本章中，我們把「生而知之」中的「之」解釋為甚麼？

A. 文字　　B. 禮儀

C. 歷史　　D. 事理

（8）「敏以求之」的「敏」指甚麼？

A. 衝動　　B. 愉快

C. 勉力　　D. 有趣

（9）據孔子的自述，他屬於以下哪一種人？

A. 學而知之者　　B. 困而學之者

C. 困而不學者　　D. 生而知之者

二、字詞解釋 / 語譯

（1）「不亦說乎？」的「說」是甚麼意思？

____

（2）「人不知而不慍」中的「慍」是甚麼意思？

____

（3）「盡信書不如無書」中的「書」原意指甚麼？

____

三、問答題

（1）學了知識以後要怎樣？

____

____

（2）憑甚麼能令遠方的朋友慕名而來？

____

____

（3）為甚麼孔子晚年時能做到「從心所欲不逾矩」？

____

____

第三章

怎樣當領袖

第一節 無為而治

【小故事】

漢朝首任相國蕭何死後，由曹參接任。曹參上任後，一切依從蕭何的舊規，平日只是飲酒作樂，不問政事。曹參的兒子曹窋，時任中大夫。惠帝在他面前責怪曹參不理國事，要他勸諫父親。曹參大怒，把兒子鞭笞了二百下。後來入朝時，惠帝對曹參說：「為何處罰你兒子呢？是我讓他勸諫你的。」曹參說：「陛下認為，自己和高祖皇帝比，誰更英明呢？」惠帝答道：「我怎敢和先帝相比呢！」曹參接着說：「陛下認為，臣和蕭何相比，誰的才能強些呢？」惠帝答道：「你似乎比不上蕭何。」曹參接着說：「陛下所言極是。高祖皇帝和蕭何平定天下，法令既明，現在陛下垂衣拱手，無為而治，臣等一切按照舊規矩辦事，不也可以嗎？」

【原文】

（一）

〈為政〉

子曰：「為政[1]以德，譬如北辰[2]，居其所而眾星共之[3]。」

（二）

〈衛靈公〉

子曰：「無為而治[4]者，其舜[5]也與！夫[6]何為哉？恭己正南面[7]而已矣。」

---

① **為政**：從事政治，指治理國家；在儒家思想，為政最大目的是教化，培養人民仁德的作為。

② **北辰**：北極星。《爾雅．釋天》：「北極謂之北辰。」

③ **所**：位置。**共**：通「拱」，指環抱、環繞。**之**：代詞，指北辰。

④ **無為而治**：指統治者不多作為，順其自然以治理國家的做法。

⑤ **舜**：舜帝，傳說中的「五帝」之一。有關舜帝的生平，詳見【知識小學堂】。

⑥ **夫**：夫（粵 fu4 扶；普 fú），代詞，指舜。

⑦ **恭己**：恭肅自身的行為。**正南面**：古時天子之位「坐北朝南」，面向正南方。

【譯文】

（一）

孔子說：「以德治理國家，就像北極星一樣，處在其位置上，一眾星辰便會圍繞着它而運行。」

（二）

孔子說：「無為而治的君主，該是舜了吧。他做了甚麼呢？不過是恭肅己身，端正地居於面向南方的天子之位罷了。」

【賞析】

「為政以德」，前提是為政者自身先做到有「德」，否則如何表率臣民呢？要是在上位者缺德，卻侈談以德治國，誰信服呢？俗語說：「上樑不正下樑歪」，為君者喪德敗行，上行下效，臣子有樣學樣，朝政必然腐敗。因此，儒家強調君主須以身作則，感化臣民，先端正自己的人格、品行，然後以德治國，這樣，臣子與人民便會被其感召，以德正己、待人，如此一來，國家便易於管治了。在本篇章中，孔子用了星辰做比喻，有德的君主，就像北極星般，安居位上，臣民便像眾星辰般，環繞着北極星運行，一切都來得順理成章。

在歷代帝王中，孔子特別推崇堯、舜、夏禹、商湯、周文王、周武王六位，尊他們為賢君的典範。當中，孔子認為能達致「無為而治」的理想者，僅舜一位。說起「無為而治」，大家或會想到老子，他主張君主對人民的生活採取聽之任之的態度，減少干預，一切順其自然。這與孔子所說的「無為而治」，固然有相通之處，但又不盡相同。老子並未強調君主在道德實踐上的要求，而孔子則強調君主須「恭己」，恭肅自己的一言一行與態度；且要「正南面」，即端正地居於王位之上。孔子所說的「無為而治」，在君主處理政事上，雖強調「無為」，但對君主自身的道德實踐要求則很高，這方面則是「有為」了。儒家的政治倫理思想，始終堅持「德治」。

【想一想】

（1）儒家重「德治」，有些人認為「德治」是「人治」，現代社會講求的則是「法治」。你認為「德治」與「法治」是否矛盾？現代社會還需要講「德治」嗎？

（2）有人認為，儒家所主張的「無為而治」，只適用於古代，在現代的社會中根本不可行。你認為「無為而治」在今日的香港是否還可行？

【知識小學堂】

舜是個怎樣的人？生平有甚麼事跡？

答：舜，傳說中的五帝之一，姓姚，名重華，號有虞氏，史稱虞舜。舜自幼喪母，父續娶，生子象。相傳他的父親瞽叟、繼母、異母弟象，多次謀害他，但每次均被舜逃脫。舜事後也不嫉恨，仍是孝順父母，疼愛弟弟。他的孝行被傳揚開去，連帝堯都聽到了。帝堯知舜能處理政事，便委以重任，最終把帝位禪讓給他。舜繼位後，把天下治理得井井有條，深受百姓愛戴。

第二節 知人善任

【小故事】

劉邦建國後，有次在宴請各位大臣時說：「各位，不要隱瞞朕，都來談一談當中的因由——我為甚麼得到天下呢？項羽為甚麼失去天下呢？」高起和王陵回答說：「陛下讓人攻佔城池，取得土地，與天下人共有利益；項羽卻殺害有功者，猜疑賢能者，所以失敗。」劉邦說：「你只知其一，不知其二。在大帳中運籌謀劃，決勝千里以外，我比不上張良；坐鎮國家，安撫百姓，供給軍餉，我比不上蕭何；連結百萬大軍，每戰必勝，攻無不克，我比不上韓信。這三位都是人中豪傑，我委以重任，因而成功；項羽只有范增一位，卻不予重用，因而失敗。」

【原文】

〈泰伯〉

舜有臣五人[1]，而天下治。武王[2]曰:「予有亂臣十人[3]。」孔子曰:「才難[4]，不其然乎[5]？唐虞之際，於斯為盛[6]。有婦人[7]焉，九人而已。三分天下有其二[8]，以服事殷。周之德，其可謂至德也已矣。」

---

① **舜有臣五人**：孔子後人、漢代大儒學家孔安國指五人為禹、稷、契、皋陶（粵 gou1 jiu4 高搖；普 gāo yáo）、伯益。

② **武王**：周武王，周文王之子，伐紂滅商，建立周朝，詳見【知識小學堂】。

③ **予**：我。**亂臣**：《說文》曰：「亂，治也。」亂臣即治國之臣。**十人**：東漢大儒學家馬融指十人為周公旦、召公奭（粵 sik1 式；普 shì）、太公望、畢公、榮公、太顛、閎夭、散宜生、南宮括（粵 kut3 豁；kuò）、文母。

④ **才難**：人才難得。

⑤ **不其然乎**：不正是這樣嗎？「才難」當是古語，故孔子有「不其然乎」一語。

⑥ **唐虞之際，於斯為盛**：此句歷來有多解。學者錢穆《論語新解》中解作「唐虞之際與周初為盛」，「於」通「與」，本章從錢說。

⑦ **婦人**：按前說，婦人指「文母」（太姒），為文王之妻，武王之母。但有學者認為君主不當以母親為臣，婦人乃指武王之妻「邑姜」。

⑧ **三分天下有其二**：相傳商末天下分為九州，背商紂王而歸順周文王的諸侯共六州。

【譯文】

舜有大臣五人而天下大治。周武王說：「我有治國之臣十人。」孔子說：「古語謂人才難得，不正是這樣嗎？唐堯與虞舜時，還有周武王時，人才算是興盛了。然而，周武王時，十個治國之臣中，有一個是婦人，所以實際上只有九人而已。商末天下三分，周佔兩分，但仍向商稱臣，周之德，真可稱為至德了。」

【賞析】

上一節中，我們談到了帝舜無為而治，他修養品德，端正地居於天子之位，臣民便像天上一眾星辰般圍繞着北極星而運行。大家可能會問，帝舜真的除了修養自身的品德以外，甚麼也不用做，就能把天下治理好嗎？本節第一句便解答了這疑問，「舜有臣五人，而天下治」。舜有五位賢能的大臣，對於舜能治理好國家，功不可沒。同樣地，周武王也有治國之臣十人，包括周公旦、太公望等，他們輔助周武王推翻商紂王，建立周朝，平定天下，作出了重大貢獻。孔子再評論歷史，指唐、虞、周武王之時，在前朝史上，算是人才最興盛的了，也僅五人、十人，人才真難得啊！

孔子接着評論周文王之德。他指，在周文王在位後期，諸侯大多已歸附他，如果他要起兵推翻商紂王並不難，可是周文王顧全大義，為全臣節，且使人民免於戰爭，仍向商紂王稱臣，其德是足可稱道的。那周武王為何起兵推翻商紂王呢？有學者指，此乃是商紂王在周文王死後，變本加厲，周武王才起兵把商紂王推翻的。周武王這樣做，為的也不是自己天子之位，而是以天下蒼生為念，故也是「德」。周初既有「才」，又有「德」，無怪乎為孔子所稱道了。

【想一想】

（1）孔子極稱讚唐堯、虞舜、周武王時人才興盛，你認為在孔子以後的中國歷史上，哪個時代的人才最多？能否舉出有哪些賢臣？

（2）有論者認為周文王因為固守人臣之節，不起兵討伐商紂王，是忠的表現；但也有論者認為，為了顧全臣節而不去討伐暴君，並不正確。你認為怎樣做才是合乎道義？

【知識小學堂】

武王伐紂的歷史是怎樣的？

答：商紂王任用奸臣，荒淫無道，殘殺無辜，搞得天怒人怨。文王死，周武王繼位，勵精圖治，重用周公旦、太公望等賢臣，國力越益強盛。武王上任第九年，在孟津大會諸侯，前來會師的諸侯多達八百位，聲勢浩大。兩年後，紂王討伐東南夷，弄致國庫空虛，民生凋敝，武王認為時機已到，揮軍伐紂，諸侯紛紛響應。商軍人數雖佔優，但士無鬥志，大多心向周武王，結果陣前倒戈，商軍大敗。紂王見大勢已去，登上鹿台，自焚而死。

第三節 親近賢士

【小故事】

劉禪即位，尊諸葛亮為相父，讓其執掌軍政大權。可是，劉禪卻不喜歡親近賢臣，專喜和小人為伍。諸葛亮知他有此毛病，故在出師伐魏前，特意撰寫了《出師表》，指出「親賢臣，遠小人，此先漢所以興隆也；親小人，遠賢臣，此後漢所以傾頹也。」並舉出當朝賢臣良將，稱讚了他們的才德，勸劉禪多加親近。諸葛亮在位為相時，劉禪未有出大差錯。可是，在諸葛亮死後，蜀漢朝政日非。劉禪後來日益寵信宦官黃皓，並逐漸讓其獨攬朝政。主張北伐的大將軍姜維，因畏懼黃皓，自請往沓中屯田，不敢回成都。姜維得悉魏將鍾會在關中治兵後，曾上奏劉禪，請其調兵遣將準備，但黃皓力主不用理會，劉禪也就不理。同年夏，魏司馬昭果然派鍾會、鄧艾舉兵滅蜀。劉禪寵信奸臣，疏遠賢臣，終致亡國。

【原文】

〈為政〉

哀公[1]問曰：「何為[2]則民服？」孔子對曰[3]：「舉直錯諸枉[4]，則民服；舉枉錯諸直，則民不服。」

① **哀公**：魯國君主，姓姬，名蔣，魯定公之子，亦是其繼任人。

② **何為**：怎樣做。

③ **對曰**：回答說。按《論語》的行文習慣，凡回答當政者的詢問，都用「對曰」。

④ **舉直錯諸枉**：舉，舉任，即舉薦和任命。直，名詞，指正直的人。枉，名詞，指邪曲的人。「錯諸枉」有兩解，一解作「廢置一眾邪曲的人」；一解作「放置於邪曲者之上」。

【譯文】

魯哀公問道：「要怎樣做才能使人民服從呢？」孔子回答說：「舉任正直的人，廢置邪曲的人，人民便會服從；舉任邪曲的人，廢置正直的人，人民便不服從。」

【賞析】

前一節提到，君主身邊有得力的大臣輔佐，治理天下自然容易得多。不過，管治天下，是否只有幾個得力的大臣就夠呢？偌大一個國家，朝綱、吏治如何整頓呢？任免官員的指導原則又是甚麼呢？孔子提出了管治的方針——「舉直錯諸枉」。魯哀公問怎樣做人民才會服從？孔子即說：「舉任正直的人，廢置邪曲的人，人民便會服從。」這道理其實很明顯。如果舉任邪曲的人，廢置正直的人，那麼管治權便會落入奸人之手，那他們必然會結黨營私，殘害百姓，危害國家，受苦的自然是人民了，如此一來，人民又怎會服從呢？

在《論語．顏淵》中樊遲先後問了甚麼是「仁」和「知（智）」，孔子則分別答了「愛人」和「知人」。孔子接着說：「舉直錯諸枉，能使枉者直。」能判斷誰是正直者和君子，誰是邪曲者和小人，做到「舉直錯諸枉」，便是「智」；「使枉者直」，使邪曲者變得正直，便是「仁」。「舉直錯諸枉」又怎樣「能使枉者直」呢？樊遲未能即時領會，他於是向子夏請教，子夏向樊遲解釋，就像古時舜任用皋陶，成湯任用伊尹般，讓有德之人當上管理者、監督者的位置，由他們按着道德原則辦事，以身作則，邪曲者和小人自然不敢胡作非為了。這點和本節的內容互相呼應。由此可見，貫穿儒家政治思想的，是以德治國。

【想一想】

（1）你以往遇見過正直的人嗎？他們的言行是怎樣的？你以往遇見過邪曲的人嗎？他們的言行又是怎樣的？

（2）你認為歷史上還有哪些賢臣，可稱為正直者呢？又有哪些奸臣，可稱為邪曲者呢？試舉例並作分析。

【知識小學堂】

能否介紹皋陶和伊尹的生平？

答：皋陶，偃姓，又作皋繇、咎陶、咎繇，是舜帝和夏朝初期的一位賢臣，因功被封在皋城（今安徽六安市）。相傳生於堯帝統治時期，曾被舜任命為掌管刑法的理官，以正直聞名於世。

伊尹，名摯，本是陪嫁的奴隸，並因此成為商湯的廚師。商湯很欣賞伊尹，取消了其奴隸身份，更任命他為宰相。伊尹歷事商湯、外丙、仲壬、太甲、沃丁五朝達五十餘年。

第四節　禮法相輔

【小故事】

諸葛亮以嚴刑峻法治蜀，朝野為之震動。蜀郡太守法正不認同諸葛亮的管治方針，致函勸諫他緩施刑法，寬大處理。諸葛亮回覆法正，信上說道：「先生只知其一，不知其二。秦朝管治失當，政苛民怨，以致人民起兵反抗，結果國家崩潰滅亡。高祖審時度勢，以寬相濟，正合其時。然而劉璋勢弱，自其父時起已濫施恩惠，法令混亂，德政不興，威刑不肅。蜀地豪強專權放肆，致令君臣之道廢弛。若對他們加官晉爵，高位者多了便覺不矜貴；若對他們施恩，到無恩可再施時便生驕慢。蜀地的流弊正在此。如今我對他們威之以法令，法令行則知恩惠；限之以官爵，官爵加則知光榮。榮恩並濟，上下有節，管治之道，便於此而昭著了。」

【原文】

〈為政〉

子曰：「道[1]之以政，齊[2]之以刑，民免[3]而無恥。道之以德，齊之以禮，有恥且格[4]。」

---

① **道**：同「導」。

② **齊**：作動詞，整治的意思。

③ **免**：免罪。

④ **格**：此字歷來有多解。一解作「正」，指歸正；一通「革」，指改正；一解作「至」，指至於善；一解作「來」，指人民來歸。

【譯文】

孔子說：「以政令領導人民，以刑法整治人民，這樣，人民會因求免於刑罰而服從，卻沒有羞恥心；以道德教導人民，以禮法約束人民，這樣，人民會有羞恥心，且歸於正途。」

【賞析】

孔子向來主張以德治國、以禮治國，看似輕視刑律和法治；可是，觀乎孔子的言行，又不盡然。在魯定公執政時，孔子曾擔任掌管司法的大司寇一職，近似現在香港的終審法院首席法官或內地最高人民法院院長。如果他真的不重視刑法，為何要擔任這個職位呢？從這個篇章中可以了解孔子對政令和刑法的看法。他不是一味地否定政令和刑法。事實上，在未講到德治、禮教之前，他首先便談到政、刑問題，可見孔子對它們是相當重視的。政令和刑法可以管束人民，使人民因畏懼刑罰而守法，有利管治。但孔子認為這樣還不夠好，因為人民還未發展道德心，只是怕受刑，不是真心誠意地順服。孔子有更高的理想，他推崇德治與禮教。只有提升了人民的道德水平，他們才能知道甚麼該做，甚麼不該做，從而擇善而為，做合情、合理、合法的事，這樣，人人自律，國家便易於管治了。

以上道理，知易行難。情、理、法三者，不是常常一致的，當它們有衝突時該如何取捨，很考當事人的智慧。《論語》中即有一例。葉公對孔子說：「我們那裏有個正直的人，他的父親偷羊，做兒子的作證，揭發他的父親。」孔子則說：「在我們那裏，正直的人不是這樣的。父親為兒子隱瞞，兒子為父親隱瞞，正直便在其中了。」這便是如上所說，情、理、法不一致的時候了。葉公重的是「法」，在法理面前，人人該說真話，即使被指控者是你的至親，你也應如實作供。而孔子則從德治的角度思考。他所謂的正直，不是外在的公義，而是內心的真誠。父為子隱，子為父隱，正是人之常「情」，在孔子看來，這才是合「理」的舉動。從這一則《論語》，我們可以看到儒家倫理學的特點。

【想一想】

（1）有人認為「德治」與「禮教」已過時，不適合現代社會，你同意嗎？你認為孔子的政治理想在今天還有沒有參考價值？

（2）有些人認為在法律面前不可講情，審案必須依法處理；但也有些人認為法理不外乎人情，判決量刑應情理兼備。你怎麼看？

【知識小學堂】

大司寇是一個怎樣的職位？

答：大司寇，亦稱司寇，是周朝設立的官職，地位次於三公，和六卿相當。掌管刑法，負責協助周王行使司法權。後來各諸侯也設此官，職掌同周制。

【強化訓練】

一、 選擇題

（1） 「居其所而眾星共之」中的「共」指甚麼？

A. 對立　　B. 分享

C. 環繞　　D. 離開

（2） 孔子說到「無為而治」時，舉出了哪位歷史人物？

A. 軒轅黃帝　　B. 唐堯

C. 虞舜　　D. 大禹

（3） 「恭己正南面」中的「正南面」指的是甚麼？

A. 坐北向南臨朝　　B. 揮軍南征

C. 治理南蠻　　D. 朝南方進行祭祀

（4） 「舜有臣五人，而天下治。」以下哪一個不是舜五位賢臣之一？

A. 禹　　B. 稷

C. 契　　D. 姜尚

（5） 武王曰：「予有亂臣十人。」「亂」指甚麼？

A. 能治國　　B. 清廉

C. 正直　　D. 忠於職守

（6） 周武王起兵推翻的是哪一位君主？

A. 桀　　B. 紂

C. 武丁　　D. 太甲

（7） 樊遲問孔子甚麼是「知（智）」時，孔子怎樣回答他？

A. 明辨是非　　B. 多讀書

C. 頭腦冷靜　　D. 了解別人

（8） 綜合本章內容，請問以下哪一樣**不是**「舉直錯諸枉」能帶來的直接效果？

A. 使人民心服　　B. 使朝綱得到整頓

C. 使吏治得到改善　　D. 使國庫收入大幅增加

（9） 孔子曾於魯國擔任哪一個職位？

A. 大司馬　　B. 大司寇

C. 諫議大夫　　D. 太史

二、 字詞解釋 / 語譯

（1） 「為政以德，譬如北辰」中的「北辰」是甚麼意思？

____

（2） 「舉直錯諸枉」中的「舉」是甚麼意思？

____

（3） 「舉直錯諸枉」中的「枉」是甚麼意思？

____

（4） 「齊之以刑」的「齊」是甚麼意思？

____

三、 問答題

（1） 武王曰：「予有亂臣十人。」但孔子卻說其實只有九人而已，為甚麼？

____

____

（2） 為甚麼孔子認為人民只因畏懼刑法而不犯罪未夠理想？

____

____

（3）「有恥且格」的「格」字歷來有多解，試舉出其中兩種。

第四章

孔子喜歡賺錢嗎？

第一節 知足常樂

【小故事】

黔婁，東周魯國人（一說齊國人），道學思想家、隱士，著有《黔婁子》四篇，但已失傳。黔婁博覽群書，尤其專攻道家學說，一心治學求道，過着清苦簡樸的生活。他每日除讀書修道外，就是和妻子下田勞動，自耕自織，與世無爭。魯國君主聽到其賢名，以三千鐘粟的俸祿，要請黔婁出任相國，但他沒有接受。齊王也知道了有這樣的能人，於是派人攜黃金百斤，禮聘黔婁入朝為卿，但仍為黔婁堅拒。為避是非，黔婁帶了妻子逃到濟南一山洞中隱居終老。黔婁安貧樂道，隱逸清高的氣節，為後人所推崇。

【原文】

（一）

〈里仁〉

子曰：「士[1]志於道，而恥惡[2]衣惡食者，未足與議也。」

（二）

〈雍也〉

子曰：「賢哉！回也。一簞[3]食，一瓢[4]飲，在陋巷，人不堪其憂，回也不改其樂。賢哉！回也。」

（三）

〈述而〉

子曰：「飯疏食[5]，飲水，曲肱[6]而枕之，樂亦在其中矣。不義而富且貴，於我如浮雲。」

---

① **士**：有多義，此處當指讀書人或知識分子。

② **惡**：差劣。

③ **簞**：簞（粵 daan1 單；普 dān），一種盛飯的圓形竹器。

④ **瓢**：瓢（粵 piu4 嫖；普 piáo），舀水的勺子，多用葫蘆或木頭製成。

⑤ **飯**：動詞，即「吃」。**疏**：粗糙。**食**（粵 zi6 飼；普 sì）：解作飯。

⑥ **肱**：肱（粵 gwang1 轟；普 gōng），胳膊，或單指由肩至腕的部分。

【譯文】

（一）

孔子說：「一個讀書人有志於道，卻仍以衣食差劣為恥辱，這種人不值得和他作討論。」

（二）

孔子說：「顏回真賢良啊！僅有一竹筒的飯，一瓢子的水，居住在陋室破巷中，別人都受不了那種憂愁，顏回卻無改他的快樂。顏回真賢良啊！」

（三）

孔子說：「吃粗糧，喝清水，彎着臂膊作枕頭，樂趣就在其中了。從不義而來的富貴，對於我，就像浮雲一般。」

【賞析】

此三個篇章，有一個共同的主題：「安貧樂道」。「貧」與「道」，說的是「物質生活」和「精神生活」。在儒家學說中，此兩者並不是完全對立而不相容、只能選其一的，而是兩者可以兼得，但有主次之分；對儒者而言，「精神生活」比「物質生活」更高尚，更重要，人真正的快樂和滿足，主要來自「精神生活」，「物質生活」尚在其次。

先說首章首句：「士志於道」，表明了讀書人畢生追求的目標是「道」，首先「學」這個「道」，即「志於學」；學到了，就「行」這個「道」，再「傳」這個「道」，這就是儒家的理想。一個讀書人如果以「惡衣惡食」為恥辱，就必然不是真的有「志」於「道」，和這種人是沒有甚麼好討論的。在第二個篇章中，孔子讚美了顏回的賢良。他曾稱許顏回「好學」(《論語・雍也》)。顏回貧窮到只有僅供維生的食物和水，居住環境惡劣，別人都以此為憂，但他卻樂在其中。《論語・衛靈公》中曰：「君子憂道不憂貧。」顏回真是個君子啊！在第三個篇章中，孔子談到他在簡樸的生活中自得其「樂」，這「樂」就是「安貧樂道」的「樂」。讀者請注意，「安貧樂道」的「樂」來自「道」，而非只來自「貧」。孔子並不特別喜歡貧窮，他也追求富貴，但有一個條件，就是富貴須從正當途徑得來。關於孔子對「富貴」的看法，下一節再談。

【想一想】

(1) 孔子說「士志於道」，你認為對於讀書人或知識分子來說，甚麼最重要？甚麼最值得追求？

(2) 你認為物質生活的富裕和精神生活的富裕哪個更重要些？如在兩者不可兼得時，你會如何抉擇？

【知識小學堂】

後世的理學家每喜言「孔顏樂處」，他們說的是甚麼？

答：北宋的理學家周敦頤，教誨弟子程顥、程頤「尋顏子、仲尼樂處，所樂何事」。自此「孔顏樂處」便成為了二程子，以至後世理學家高度關注的論題。所謂「孔顏樂處」，在《論語》中有多處涉及，如本節提到的兩個篇章。歷代學者對於「孔顏樂處」之義亦多所闡發，如明代理學家陳白沙在《尋樂齋記》中說：「仲尼、顏子之樂，此心也；周子、程子，此心也；吾子亦此心也，得其心，樂不遠矣！」

第二節 取之有道

【小故事】

陶淵明，名潛，字元亮，晉代文學家，後世譽之為「隱逸詩人之宗」。他出身官宦之家，自小好學，且熱心功名仕途，曾於詩中自言少壯時「猛志逸四海」，早年曾任江州祭酒、鎮軍參軍、建威參軍等職。惟於擔任彭澤令期間，因不願戴冠束帶，屈身恭迎上司督郵，有感「吾不能為五斗米折腰，拳拳事鄉里小人」，毅然棄官歸田，從此務農為生，隱居不出。陶淵明在《歸去來兮辭》序中寫道：「質性自然，非矯厲所得，飢凍雖切，違己交病」；又在《歸園田居》中寫道：「衣霑不足惜，但使願無違。」他不願同流合污，與世浮沉，寧願貧賤自守，潔身自好，追求理想生命與真我性情，傳誦千古。

【原文】

（一）

〈里仁〉

子曰：「富與貴，是人之所欲也，不以其道得之，不處[1]也。貧與賤，是人之所惡[2]也，不以其道得之，不去[3]也。君子去仁[4]，惡[5]乎成名？君子無終食之間違仁[6]，造次必於是[7]，顛沛[8]必於是。」

（二）

〈述而〉

子曰：「富而可求也，雖執鞭之士[9]，吾亦為之。如不可求，從吾所好[10]。」

---

① **處**：處（粵 cyu2 杵；普 chǔ），動詞，讀上聲，意即居處。

② **惡**：厭惡。

③ **去**：有兩種解法和讀法。一解作「離去」或「避去」，讀去聲（粵 heoi3 去），即日常的讀法；一解作「除去」或「免除」，古文中讀上聲（粵 heoi2 許）。

④ **去仁**：去，可解離開或失去。去仁，離開仁。

⑤ **惡**：惡（粵 wu1 烏；普 wū），意即「怎麼」或「怎樣」。

⑥ **終食之間**：吃一頓飯的時間，意指很短的時間。**違**：違背或違反。

⑦ **造次**：匆忙、急促。**必於是**：即必定是這樣（不違仁）。

⑧ **顛沛**：艱苦困頓。

⑨ **執鞭之士**：所指為何，難以確定，詳見【賞析】。

⑩ **好**：喜好、意願。

【譯文】

（一）

孔子說：「富與貴，是人所欲求的，不從正當方法得到，不要安享它。貧與賤，是人所厭惡的，不從正當方法擺脫，不要除掉它。君子如果失去了『仁』，怎樣成其『君子』之名呢？君子一刻也不可以違背『仁』，在匆忙急促時也必定是這樣，在艱苦困頓時也必定是這樣。」

（二）

孔子說：「財富如果可求的話，即使是執鞭的工作，我也幹。如果不可求的話，那就做我想幹的事吧。」

【賞析】

在上一節中，我們了解到孔子對「貧窮」的看法。孔子安於「道」，重視「精神生活」，「貧窮」對他來說，不是甚麼大問題，只要心中有「道」的話，他便快樂。可是孔子是不是就只安於「貧窮」，不求「富貴」呢？孔子說過：「不義而富且貴，於我如浮雲」（《論語·述而》）。「富貴」不是不可求，但必須合「義」，此正是本節的主旨。

孔子說，求富貴和去貧賤的慾望，都是正常的，是人人心中所想所願，他本人也不例外。為了財富，孔子甘願去「執鞭」。甚麼是「執鞭」呢？綜合前人注解，古時執鞭為業者主要有以下四類：一、為君王貴族出入時，手執皮鞭驅趕行人以開路者；二、市場的守門人，執鞭以維持秩序；三、鞭打犯人的行刑者；四、駕駛馬車者。無論是哪一類，都被認為是低賤的工作。為求富貴，「執鞭」孔子也幹，而且他認為只要職業是正當的，不拘貴賤，都可以安心去做。富貴，有「可求」的，有「不可求」的。「不可求」大致有兩種情況：一是「不能求」，現實情況不容許；二是「不該求」，不合道義。子曰：「如不可求，從吾所好。」孔子「所好」，必不「違仁」。這就是第一個篇章所說的，「君子」無論何時何地，遭遇甚麼情況，都離不開「仁」。因此，求財須依正道，這「道」，離不開「仁」與「義」。

【想一想】

（1）現代社會往往以財富多少和職位高低來衡量一個人是否成功。你認為甚麼才是「成功」？「成功」與「成德」何者更重要？

（2）孔子不介意做低賤的工作。你是否認同職業只要正當，便無分貴賤？你會否瞧不起職業低賤者？如果你有朝一日要從事這些工作，會否感到羞恥和自卑？

【知識小學堂】

陶淵明有甚麼代表作？

答：陶淵明的代表作有《飲酒》《歸園田居》《桃花源記》《歸去來兮辭》等，作品多寫隱士生活，流露出重精神、輕物質的性靈境界。

第三節 無驕無怨

【小故事】

石崇，為西晉著名的鉅富，因他是功臣之後，且有政績和戰功，被委任為荊州刺史。荊州為商貿重地，石崇濫用職權，搶劫商旅，謀取了巨大的財富。朝中權臣王愷也是家財千萬，兩人都想勝過對方。晉武帝知他們二人鬥富，想幫王愷勝一回，便送他一株宮中珍藏的珊瑚樹。王愷向石崇炫耀，石崇看了便用鐵如意把珊瑚樹打碎，王愷氣極，石崇卻說：「不足多恨，今還卿。」說完便命人將家中珊瑚樹悉數取來，比王愷那株更高更美者多的是。王愷也不得不服。

石崇喜養歌舞妓，常命美人侍宴行酒。趙王司馬倫的親信孫秀看上了石崇的愛姬綠珠，求石崇割愛相贈，為其所拒，從此懷恨在心。後來淮南王司馬允討伐趙王失敗，孫秀誣稱石崇是淮南王同謀，結果石崇一家均被誅殺。石崇以不法手段致富，發財後不立品行善，反而一味驕奢，招人怨恨，終致家破人亡。

【原文】

（一）

〈憲問〉

子曰：「貧而無怨，難；富而無驕，易。」

（二）

〈學而〉

子貢[1]曰：「貧而無諂[2]，富而無驕，何如？」子曰：「可也。未若貧而樂，富而好禮者也。」子貢曰：「《詩》云：『如切如磋，如琢如磨』[3]，其斯之謂與[4]？」子曰：「賜也，始可與言《詩》已矣，告諸往而知來者[5]。」

---

① **子貢**：姓端木，名賜，字子貢，春秋末衛國人，孔門「十哲」之一。

② **諂**：諂（粵 cim2；普 chǎn），奉承、巴結。

③ **《詩》云『如切如磋，如琢如磨』**：《詩》指《詩經》，解釋詳見【賞析】。

④ **其斯之謂與**：是不是這個意思呢？與（粵 jyu4 餘；普 yú）通「歟」，語氣助語，表示疑問或感歎的意思。

⑤ **告諸往而知來者**：諸，相當於「之」，指子貢；往，過去，這裏指已知的東西；來，未來，這裏指未知的東西。

【譯文】

（一）

孔子說：「貧窮而無怨恨，是困難的；富有而不驕傲，容易些。」

（二）

子貢說：「貧窮而不諂媚逢承，富有而不驕傲自大，怎麼樣？」孔子說：「這樣也可以了。但不如貧窮而快樂、富有而好禮的人。」子貢說：「《詩經》上說：『如切如磋，如琢如磨』，是不是這個意思呢？」孔子說：「賜呀，像你這樣，才可與之談論《詩經》啊！告訴你一些已知的事理，你就能推想出未知的事理來。」

【賞析】

孔子說「富而無驕」比「貧而無怨」要容易一些，這個不難理解。「富」是順境，要學懂收歛些，不算太難；但「貧」是逆境，很難熬，要「無怨」就不那麼容易了。但要做到「富而無驕」，也非人人做到。《左傳・定公十三年》曰：「富而不驕者鮮。」又說：「驕而不亡，未之有也。」石崇便是一例。而要做到「富而好禮」，則需要一定的修養。孔子說：「貧而無怨，難」；子貢也問：「貧而無諂……何如？」捱窮時難免會有些怨氣。怨誰？誰都怨！反正就是全世界都欠了他。可是光抱怨，也無濟於事，那怎麼辦？那就要向有錢、有權、有勢者伸手。那自然少不免要卑躬屈膝、阿諛奉承，以博取人家好感。因此，貧者要做到「無怨」「無諂」，也是不容易的。

子貢引用了「如切如磋，如琢如磨」兩句詩，是甚麼意思呢？按前人注釋，這兩句詩有兩種解法：其一謂治骨曰切，治象曰磋，治玉曰琢，治石曰磨，四者並列，各需切磋琢磨功夫，否則皆不成器。另一解謂，前句指治牙骨，切了之後還得磋，使之更平滑；後句指治玉石，琢了之後還得磨，使之更光潤。前者喻指「貧而樂，富而好禮」需下一番修養功夫；後者喻指「貧而樂，富而好禮」較「貧而無諂，富而無驕」更進一步，精益求精。兩解皆可通。

【想一想】

（1）你所認識的窮人是不是時常口出怨言，喜歡奉承有錢人，向他們示好賣乖，討便宜？甘於貧窮、自得其樂的多不多？

（2）你所認識的富人是不是通常比較驕傲自大，喜歡炫富，看不起窮人？不自恃富有，而能做到謙遜有禮的多不多？

【知識小學堂】

子貢是一個成功的商人，他的致富之道是甚麼？

答：孔子對子貢的評價是：「賜不受命，而貨殖焉；億則屢中。」（《論語·先進》）「不受命」，指子貢不接受「命運」的安排，自己創造「命運」；「貨殖」，即做生意；「億則屢中」，「億」即「臆」，猜測判斷；「中」，指猜中。意思是說子貢做生意很有眼光，常常大膽判斷，每每準確。可見子貢很有做成功企業家的性格和能力。

第四節 先富後教

【小故事】

晉平公在位時，某天，藏寶庫起火，晏子不但不去救火，反而向平公道賀：「很好啊！」平公聽後大怒：「那兒貯藏的都是國家重寶，如今被上天一把火燒掉，所有官員都來救火，只有你帶着絲帛來道賀，這是甚麼意思？」晏子答道：「臣聽說：王者藏財寶於天下，諸侯藏財寶於百姓，農夫藏財寶於穀倉，商賈藏財寶於箱櫃。如今百姓都很貧窮，流離在外，短衣不足以蔽體保暖，粗糧不足以填飽肚子，家裏已沒有積蓄了，但賦稅卻不斷增加，主公把這些財富都收在寶庫中，所以上天要一把火把它們燒光。臣聽說：從前夏桀治國殘酷，橫徵暴斂，萬民痛苦不堪，因此他被商湯誅殺，落得為世人所恥笑的下場。如今上天降災於藏寶庫，乃是主公之福啊！如主公還不知道覺悟改變，恐怕將來也會落得為鄰國所恥笑的下場啊！」平公說：「說得好！從今以後，就把財富藏於百姓之間吧！」

【原文】

（一）

〈顏淵〉

哀公問於有若[1]曰：「年饑用不足[2]，如之何？」有若對曰：「盍徹[3]乎？」曰：「二[4]，吾猶不足，如之何其徹也？」對曰：「百姓足，君孰與[5]不足？百姓不足，君孰與足？」

（二）

〈子路〉

子適[6]衛，冉有僕[7]。子曰：「庶[8]矣哉！」冉有曰：「既庶矣。又何加焉？」曰：「富之[9]。」曰：「既富矣，又何加焉？」曰：「教之[10]。」

---

① **哀公**：魯國君主，「哀」是其謚號。**有若**：姓有，名若，孔子弟子。

② **年饑**：《說文解字》：「穀不熟為饑。」指五穀歉收。**用**：指國家財用。

③ **盍**：盍（粵 hap6 合；普 hé），何不。**徹**：十分取一的稅法。

④ **二**：十分取二。

⑤ **孰與**：怎麼會。

⑥ **適**：動詞，前往或到的意思。

⑦ **僕**：駕車的人；這裏用作動詞，即駕駛馬車。

⑧ **庶**：人口多。

⑨ **富**：作動詞用；富之，使人民富有。

⑩ **教之**：教育人民。

【譯文】

（一）

魯哀公問有若：「五穀歉收，財用不足，該怎辦呢？」有若說：「何不實行十分取一的稅法呢？」哀公說：「十分取二，我還嫌不足，怎能僅徵十分取一的稅呢？」有若說：「若百姓用度足，國君怎會用度不足呢？若百姓用度不足，國君又怎會用度足呢？」

（二）

孔子到衛國，由冉有駕車。孔子說：「人口真多啊！」冉有說：「人口既多了，接着要怎樣做？」孔子說：「使人民富起來。」冉有說：「人民富起來了，接着要怎樣做？」孔子說：「教育他們。」

【賞析】

本章前三節，討論的是孔子對「貧」和「富」的看法，主題圍繞「個人財富觀」。本節轉一轉主題，討論儒家的「社會財富觀」。所謂「個人財富觀」，指的是一個人怎樣看待自身的財富；而所謂「社會財富觀」，指的是社會上的財富應如何產生、分配、積存、運用等看法。孔子的「社會財富觀」，是「藏富於民」，取之於民，用之於民，這點可從第一個篇章看到。魯哀公問孔子的弟子有若，國家財用不足，開徵了十分取二的稅，還嫌不夠，怎麼辦？有若則說，徵收十分取一的稅就夠了，寧可政府支出緊縮些，也要保證人民有足夠的錢糧過日子。國家的根本在人民。這是一種可貴的「民本」思想。

第二個篇章記載了孔子和冉有的對話，點出了孔子「先富後教」的治國方略。孔子是很務實的，他明白人民如果沒有富足的日子，空談「教化」是沒有基礎的。這個道理，和《管子・牧民》中所言：「倉廩實，則知禮節；衣食足，則知榮辱」，是相通的。因此孔子認為當政者應先使人民富足起來，條件成熟了，便教育他們，使人民有知識、懂禮儀、尚道德，這樣就能建構理想的社會。

【想一想】

（1）有些人認為「富國」重於「富民」，與儒家「藏富於民」的思想不同，也和現代西方自由經濟的財富觀不同。你認為哪種社會財富觀更合理？

（2）中國推行改革開放政策，要讓人民富起來，又主張「科教興國」，這些似與孔子「先富後教」的方針有相通之處。你是否認同這些主張？試作評論並和同學討論。

【知識小學堂】

前文提到的夏桀，是怎樣的人？

答：夏桀，姒姓，夏后氏，名癸（一名履癸），為夏朝最後一任君主，桀是其謚號。據載夏桀驕奢淫逸，荒廢政事，沉迷酒色，終日和妹喜等妃嬪在宮中取樂，又為了建築宮室而大興土木，以致民怨沸騰。商國君主成湯認為夏桀殘暴不仁，百姓已忍無可忍，於是起兵討伐夏桀，結果成功滅夏，建立了商朝。夏桀被流放至南巢，沒多久死於當地。

【強化訓練】

一、 選擇題

（1） 「一瓢飲」中的「瓢」多用木頭或甚麼製成？

A. 金屬　B. 葫蘆
C. 陶瓷　D. 琉璃

（2） 孔子說從不義而來的富貴，對他而言像甚麼？

A. 浮雲　B. 水中月
C. 鏡中花　D. 天上的鳥

（3） 最先把「孔顏樂處」提出來作為理學論題的是哪位理學家？

A. 周敦頤　B. 朱熹
C. 陸九淵　D. 王陽明

（4） 據第二節所選篇章所言，君子之所以能成其「君子」之名，最大的憑藉是甚麼？

A. 仁　B. 智
C. 勇　D. 忠

（5） 據第二節課文的解釋，在甚麼情況下不該求富？

A. 有違道義　B. 信心不足
C. 時勢混亂　D. 競爭太激烈

（6） 課文中提到，「切、磋、琢、磨」分別對應着四種東西，以下哪一個選擇**不屬於**那四種東西之一？

A. 石　B. 玉
C. 骨　D. 金

（7） 孔子認為當國家的人口多了，下一步要做甚麼？

A. 再增加人口　B. 節育
C. 使人民富起來　D. 發展工業

（8） 孔子的「社會財富觀」是甚麼？

A. 富國重於富民　　B. 人民均分財產

C. 全民都做窮人　　D. 藏富於民

二、 字詞解釋／語譯

（1）「士志於道」中的「士」指甚麼人？

___

（2）「不以其道得之，不處也」中的「處」是甚麼意思？

___

（3）「貧而無諂」中的「諂」意思是甚麼？

___

（4）「告諸往而知來者」中的「來」指甚麼？

___

三、 問答題

（1） 按課文的解釋，「富而可求也，雖執鞭之士，吾亦為之」中的「執鞭之士」有四種解法，請舉出其中兩種解法。

___

___

（2）「如切如磋，如琢如磨」的其中一個解法為「切了之後再磋，琢了之後再磨」，這兩句詩說明了甚麼道理？

___

___

（3）「如切如磋，如琢如磨」的另一個解法為事物需經過發展過程，子貢借此來比喻甚麼？

___

___

第五章

孔子談孝親

第一節 仁愛為本

【小故事】

曾參有次在田耕作時，誤傷了瓜根，其父曾晳大怒，以大杖猛打曾參的背部，曾參不躲避，被打至不省人事。他醒後，沒有怨恨父親，反而去問候父親有沒有身體不適，回到房間後又故意高聲彈琴唱歌，讓父親知道他沒有大礙。曾參這樣做，可算是很孝順了吧？然而孔子聽說這件事後，卻大為憤怒地說：「你沒有聽說過舜的故事嗎？舜怎樣對待他的父親瞽瞍呢？瞽瞍要使喚舜時，舜未嘗不在左右，但他父親要殺他時，總沒法如願；瞽瞍用小棰打舜時，舜就不躲避，可是當父親用大杖打他時，他就一定會逃走。因此瞽瞍沒有犯下殺子之罪，而舜也沒有失去孝道。這次你在父親暴怒時，任其狠打，沒有躲避，如果因此死了，那不是陷父親於不義嗎？還有比這更不孝的嗎？」

【原文】

〈學而〉

有子[1]曰:「其為人也孝弟[2],而好犯上者,鮮[3]矣;不好犯上,而好作亂者,未之有也[4]。君子務本[5],本立而道生。孝弟也者,其為仁之本與[6]!」

---

① **有子**:姓有,名若,孔子學生。有關有子的生平。詳見【知識小學堂】。

② **弟**:古字「弟」,今通「悌」,音義相同。意思是敬愛兄長。

③ **鮮**:少。

④ **未之有也**:乃「未有之也」的倒裝句,在古文中常見,意即沒有這種人。

⑤ **務**:動詞,意思是「專心致力於」。**本**:名詞,基本、根本。

⑥ **與**:古字「與」,今通「歟」(粵 jyu4 餘;普 yú),語氣助語,表示疑問或感歎的意思。

【譯文】

有子說：「為人孝順父母、敬愛兄長，卻喜歡冒犯上級的，這種人很少；不喜歡冒犯上級，卻喜歡造反作亂的，這種人從來沒有。君子專心致力於根本，根本建立了，『道』就會由此而生。『孝』與『弟』，就是『仁』的根本吧！」

【賞析】

首先說「孝弟」。為甚麼為人孝順父母、敬愛兄長，便多數不會冒犯上級、造反作亂呢？古時的中國是一個以家族為本位的宗法社會，國與家常常是不分的。天子之位是世襲的，由父傳子或兄傳弟，故說「家天下」；貴族的官爵也是世襲的；而一般平民百姓也生活在家族中，很多事務都是由家族中的尊長決定和處理的。因此，對古人來說，一個人怎樣對待父母、兄長，和他怎樣對待上級、君主等，有很密切的關係；怎樣對待家，和他怎樣對待國，也有很密切的關係。如果一個人自小便敬愛父母和兄長，有一顆尊敬長輩的心，那他便容易培養出一顆尊敬上級、尊敬君上的心；如果他能愛他的家，便容易推而廣之愛他的國，故古人有「移孝作忠」的說法。

為甚麼說「孝」「弟」是「仁」之本呢？「仁」是儒家學說的中心，多次在《論語》中提到，簡單一點說，「仁」其實就是「愛人」。從愛誰開始？就從生來和你最親近的人 —— 父母和兄弟姊妹開始。如果一個人連最親近的人都不愛，又怎樣愛外人、愛陌生人呢？因此說，「孝」「弟」是「仁」的根本。有子認為根本做好了，「道」便能由此而生。「道」這個字很多時指「道理」「真理」，而且往往指很大、很深遠的道理。有子說的「道」，當是指做人立身處世之道。

【想一想】

（1）有子把「孝」「弟」視為「仁」的根本，我們也可以說「孝」「弟」是做人的根本。你能否做到孝順父母、敬愛兄姊？

（2）有子認為做到「孝」「弟」的人大多不會冒犯上級。你試留心觀察一下，你認識的那些孝順父母、敬愛兄姊的同學，是否較少冒犯老師？那些不懂尊敬老師的同學，對家人的態度怎樣？對家人的態度和對老師的態度兩者有沒有直接關係？

【知識小學堂】

請問有子是誰？

答：有子，姓有，名若，是孔子著名的學生之一，春秋魯國人。據《孔子家語》所載，他比孔子小三十三歲；而據《史記》所載，他比孔子小四十三歲。有子是孔子晚年所收的學生，但在孔門弟子中聲望頗高。據《史記》說，有子外表形狀像孔子。孔子逝世後，曾有孔門弟子推舉有子作孔子繼承人，執掌師門，但因為曾參力排眾議，所以最終沒有成事。

第二節 父慈子孝

【小故事】

漢文帝劉恆為母后薄氏所生，自小侍母至孝，在封地任代王期間，孝名已被傳揚開去。有一次他母后身患惡疾，卧床不起，一病就是三年。劉恆貴為王室之尊，照顧病母一事，大可假手下人，但他認為這是人子應分之事，且全交給別人來做，他也放心不下。因此三年來，劉恆都守候在母后床邊，不離左右，時常噓寒問暖，關心病情，和她說話解悶。而且每次湯藥煎好送來時，他都必定要親自嚐嚐，試一試苦不苦、燙不燙，沒有問題，才讓母后喝。劉恆照顧病母、親嚐湯藥這一孝行，在朝野間廣為流傳，為時人所稱頌。其事跡被載入《二十四孝》之中，有詩讚曰：「仁孝聞天下，巍巍冠百王；母后三載病，湯藥必先嚐。」事親如此，可謂敬矣。

【原文】

〈為政〉

子游[1]問孝。子曰：「今之孝者，是謂能養[2]。至於犬馬，皆能有養[3]；不敬，何以別乎？」

---

① **子游：**姓言，名偃，字子游，亦稱言游、叔氏，春秋末吳國人，孔門「十哲」之一，比孔子小四十五歲，以擅文學見稱，曾為武城宰。

② **是謂能養：**指世人認為孝就僅是能奉養父母。「養」，現在一般讀「氧」，然而按前人注解，此處「養」訓為「供養」，讀去聲（粵 joeng6 漾；普 yàng）。

③ **至於犬馬，皆能有養：**此語中的「養」，指飼養（牲畜）。句意是，就算狗、馬這些牲畜，都能得到人的飼養。

【譯文】

子游問甚麼是「孝」。孔子說：「現在世人所謂的孝，僅指能奉養父母。但犬馬人們也養；如果沒有『敬』，那麼供養父母和飼養犬馬又有甚麼分別呢？」

【賞析】

本篇章的主旨，大意是說孝順父母須有「敬」，不只是「養」而已。這道理很易明，實有千古不易的至理在，讀者切勿輕輕放過。

先說第一句：「今之孝者，是謂能養。」意思是，現在世人所謂的孝，僅指能奉養父母。孔子這句話，並非無的放矢，而是針對當時社會，有感而發的。我們知道，春秋末年，是一個禮崩樂壞、戰亂頻仍、局勢動盪、民不聊生的時代，人民普遍務農為生，既怕災荒，又怕官府苛徵賦稅，日子艱難。養活自己已很難了，何況還要養活父母呢？難怪當時的人，會以為能奉養父母就是「孝」了。孔子嚮往古代的聖賢，他尊崇的帝舜，就是一個大孝子，帝舜的孝行又豈止於奉養父母呢？孔子要恢復古已有之的孝道美德。

接着所說「至於犬馬，皆能有養；不敬，何以別乎？」是全文的重點。孔子這句話像一記重拳，把不敬父母的假孝子一拳打醒。孔子說，如果做兒女的不敬父母，那養父母和養犬馬又有甚麼分別呢？居然把父母當成了犬馬！那做子女的，還像人嗎？那不是禽獸嗎？把父母比作犬馬，凸顯出不敬者的不孝，才能把「敬」——這個「孝」的精髓，充分表達出來。正因為孔子論「孝」那麼強調「敬」，後世人們也常說「孝敬」一詞，兩字已連用，分不開了。

【想一想】

（1）西方文化和中國文化不同。西方人在成年後，往往便會離開父母生活，既不照顧父母，也不承擔奉養父母的責任，而把養活父母的責任交給政府，由社會福利支付他們的生活費用，父母老了就由他們自己照顧自己或讓他們入住安老院。現在中國社會越來越西化，也有很多人改行西方這一套。你認為在奉養父母方面，中國傳統那一套好還是西方那一套好？你打算將來怎樣做？

（2）同學們，現在你們還沒有收入，有沒有想過將來如果有工作、有財富時，會怎樣回報父母？買豪宅給他們住？買名車接載他們出入？買金錶送給父親？買鑽飾送給母親？有沒有想過，其實所有這些都比不上敬愛他們的心意？

【知識小學堂】

《二十四孝》是一本怎樣的書？

答：《二十四孝》，全名《全相二十四孝詩選集》，由元朝人郭居敬所編（一說作郭守正，另一說作郭居業），內容取材自歷史及民間傳說，講述二十四個孝親故事，讚頌孝行，宣揚儒家傳統家庭倫理。後世刊印多配以圖畫，故又稱《二十四孝圖》。

第三節　和顏悅色

【小故事】

陳毅，中華人民共和國十大元帥之一，為著名的軍事家、政治家、外交家。陳毅的母親晚年患重病，癱瘓在床。有次陳毅從國外做完訪問回來，路過家鄉四川，便抽空去探望母親。就剛在陳毅回到家前，她的母親尿濕了褲子，便請家中服務員幫忙給她更換。剛換好，陳毅便踏入了家門口，她母親連忙叫服務員把髒褲子塞進床底，以免被陳毅看見。陳毅到母親床邊，說了一會兒話，他問：「娘，剛才我進門時，看見你們把東西藏在床底，那是甚麼？」陳毅的母親知瞞不過去，便回答道：「沒甚麼，剛才尿濕了褲子，他們會拿去洗的。」陳毅卻說：「娘，你病得那麼重，可我卻不能在您身邊侍候您，實在過意不去。現在這條褲子，就由我來洗吧。」

陳毅貴為國家領導人，百忙中也抽空回鄉探望病母，和母親說話總是親切有禮，還親手洗滌母親的尿褲子，不以為髒，甚有古風，堪為現代人的典範。

【原文】

〈為政〉

子夏[1]問孝。子曰：「色難[2]。有事，弟子服其勞，有酒食[3]，先生饌[4]，曾[5]是以為孝乎？」

① **子夏**：姓卜，名商，字子夏，孔門「十哲」之一。

② **色難**：難於時常保持和顏悅色。

③ **食**：食（粵 zi6 嗣；普 sì），此處解作飯。

④ **饌**：饌（粵 zaan6 賺；普 zhuàn），有兩解，一解作飲食、吃喝；另一解作準備或陳設食物。

⑤ **曾**：竟、乃，可譯為「難道」。

【譯文】

子夏問甚麼是「孝」。孔子說：「侍奉父母，難於時常保持和顏悅色。有事時，做兒輩的去效勞；有酒和食物，讓父輩的去享用，難道這樣就可以算是孝麼？」

【賞析】

先說本節「弟子」和「先生」的不同解釋。清代學者劉台拱在《論語駢指》中說：「年幼者為弟子，年長者謂先生，皆謂人子也。」句意是有事情由年幼的子女效勞，酒食則由年長的子女準備，這樣解也可通。但東漢經學家馬融有另一解法，他指：「先生，謂父兄也。饌，飲食之也。」此解似較合理。「弟子」與「先生」，大概是輩份尊卑不同，故本節語譯作「兒輩」與「父輩」。還有一說，認為「弟子」與「先生」一般是不會解作「子女」與「父兄」的，它們的意思其實就是「學生」與「老師」。按此解釋，孔子這句話的意思，其實是說「有事，弟子服其勞，有酒食，先生饌」，這些不過是學生侍奉老師應做的事而已，以此來侍奉父母，是不夠的，不足以言「孝」。以上解釋雖各有不同，但說的都是子女侍奉父母的基本要求，要是做到了，更進一步該怎麼做呢？

先說「色難」。「色難」有兩解，一指「色」為父母之色，解作「做子女的難於承順父母的容色」；另一解指「色」為子女之色，指「做子女的難於對父母保持和顏悅色」，兩者似皆可通。前一說見於何晏《論語集解》，意謂體察父母的心意，不容易；能承順父母的顏色，可算是「孝」了。後一說由鄭玄提出，他在注解中說：「言和顏悅色為難也。」此說有一定的根據，《小戴禮記・祭義》有云：「孝子之有深愛者，必有和氣。有和氣者，必有愉色。有愉色者，必有婉容。」人的面色發自內心，要真的時常對父母做出好面色，不能單靠表面功夫，歸根究底，不只在面，還在於心，故說難。本節語譯採用了子女之色一說。

無論把「色難」解作「做子女的難於承順父母的容色」，抑或解作「做子女的難於對父母保持和顏悅色」，說的其實都是做子女行孝道的要求，而要做到這兩者，都需要心中對父母有「仁」與「敬」。對父母保持和顏悅色，出於對父母內心感受和情緒的關懷，因此是「仁」；這也是尊敬父母的表現，也是「敬」。由此可見，「孝」與「仁」的精神，是相通的；而要行「孝」，心中必須有「敬」。

【想一想】

（1）你有沒有試過對父母發脾氣？有沒有試過公然對父母不禮貌？如果有，事後有沒有向父母道歉？你認為要時常對父母保持和顏悅色是否很難？你能否做到？

（2）說起「弟子」和「先生」，大概你也會想到「學生」和「老師」吧？敬愛父母之心和敬愛老師之心其實是相通的。老師有事要幫忙時，你有沒有「服其勞」？有美食時，你有沒有讓「先生饌」？你能否做到敬愛老師？

【知識小學堂】

前文中提到的《小戴禮記》是一本怎樣的書？

答：《小戴記》又名《小戴禮記》，由西漢禮學家戴聖所編纂，內容主要包括先秦儒家學者解釋《儀禮》的文章，記述了中國上古的禮儀和典章制度。為何叫「小戴」？因為戴聖的叔父（一說伯父）戴德也是禮學家，人稱「大戴」，他也編了一部講禮學的書，被稱為《大戴禮記》。《大戴禮記》後來不太流行，且逐漸散失；反而《小戴禮記》大行其道，廣受學者重視，自宋代至今列為「十三經」之一。後世說《禮記》，一般就是指《小戴禮記》。

第四節 止乎禮義

【小故事】

從前有個少年，名孫元覺，自小已很孝順懂事，可是其父卻很不孝。在孫元覺十五歲那年，其父因嫌棄自己的父親年老多病，不願再照顧他，便把他綁起來，放在簍筐上，用小車推到深山中棄掉。孫元覺大哭，苦諫父親，但父親執意不從。孫元覺無奈，想了一想，便把小車推回家。父親看到了，很不高興地對他說：「這是凶物，帶它回來幹甚麼？」孫元覺答道：「這是現成的好物呢，將來用它送您到深山中，便不用再造新的了。」父親很驚訝地說：「你是我兒子，怎能遺棄我！」孫元覺說：「父親教育兒子，就像水往下流一樣。父親大人的教誨和示範，做兒子的怎敢不從呢！」他父親聽到後，便醒悟到自己真的錯了，於是立刻去把老父接回家，自此加倍精勤地孝順老父，祖孫三代樂也融融。

【原文】

〈為政〉

孟懿子[1]問孝。子曰:「無違[2]。」樊遲[3]御[4],子告之曰:「孟孫問孝於我,我對曰:『無違。』」樊遲曰:「何謂也?」子曰:「生,事之以禮;死,葬之以禮,祭之以禮[5]。」

---

① **孟懿子**:姓姬,名何忌,世稱仲孫何忌,魯國孟孫氏第九代宗主。受父命師事孔子習禮,但後世多不承認其為孔門弟子,原因詳見【知識小學堂】。

② **無違**:無,或作「毋」,不要;違,違背。無違,不要違背。

③ **樊遲**:名須,字子遲,春秋末魯國人(一說齊國人),孔門弟子。

④ **御**:駕車,指樊遲為孔子駕車。

⑤ **事之以禮,葬之以禮,祭之以禮**:皆為倒裝句,即「以禮事之」,「以禮葬之」,「以禮祭之」。

【譯文】

孟懿子問甚麼是「孝」。孔子說:「不要違背。」樊遲為孔子駕車，孔子對他說:「孟懿子問我甚麼是『孝』，我回答說:『不要違背。』」樊遲說:「這是甚麼意思呢？」孔子說:「父母在生，依禮侍奉他們；父母死後，依禮安葬他們，祭祀他們。」

【賞析】

孔子此則論「孝」，難解之處在於「無違」二字。孟懿子問甚麼是「孝」，孔子說「不要違背」，從字面的意思來看，當是指不要違背父母的意願。可是，要是父母所言所想是不正確的，做子女的是否也要順從呢？這樣做是否「愚孝」呢？

古人對孝道有很具體的要求，如在日常生活中，要做到《禮記》所言:「凡為人子之禮，冬溫而夏凊，昏定而晨省。」「冬溫」，指冬天寒冷時，要使父母得到溫暖；「夏凊」，指夏天炎熱時，要使父母感到清涼；「昏定」，指晚間服侍父母就寢，要讓他們睡得好；「晨省」，指早晨起來，要向父母請安問好。這些便是平日侍奉父母之禮。

孔子回答樊遲時，特地把「禮」字標出。父母在生時，按前三節所言依禮奉養他們，孝敬他們。父母過身後，為他們提供棺木和壽衣，選擇良好的墓地以安葬之，並適時作祭祀。「孝」須依「禮」，說明了「無違」的真義——「無違」，不是無條件地順從父母。如果父母之命不合乎「禮」，做子女的也曲從它，不但自己犯錯，也陷父母於不義，因此不是真「孝」；勸諫父母更正，糾正錯誤，使父母也合於「禮」，才是真「孝」。在生的侍奉，死後的安葬，依時的祭祀，皆以「禮」行之，這便是孝道。

【想一想】

（1）如果父母命你做不合於禮或道義的事，你認為應該怎辦？順從他們？立刻提出反對，指出其不是之處？暫且不反對，等適當時機再勸說他們？先做一次，下不為例？事後再作打算？乾脆不理？試和同學討論和分享相關經驗。

（2）你有沒有宗教信仰？如果有，按你的信仰，該如何禮敬和追思先人？其教義和中國的孝道精神是否相通？兩者有沒有衝突之處？試加以比較和分析。

【知識小學堂】

孟懿子曾師從孔子學禮，後世為甚麼卻多不承認他為孔門弟子？

答：孔子曾獲魯定公任命為大司寇，攝相事，因感魯國三家大夫孟孫氏、叔孫氏、季孫氏的家臣們勢力太大，威脅君權，乃下令拆毀三家的城堡，史稱「墮三都」。叔孫氏的郈邑與季孫氏的費邑，先後被拆毀。但在拆毀孟孫氏的郕邑時，卻遭到武裝抵抗，終使「墮三都」功敗垂成。據劉寶楠《論語正義》說：「懿子受學聖門，及夫子仕魯，墮三都，懿子梗命，致聖人之政化不行，是實魯之賊臣。」因此《史記．仲尼弟子列傳》不列其名，後世亦多不承認他為孔門弟子。

【強化訓練】

一、 選擇題

（1） 第一節課文中提到中國古時的天子之位通常是「世襲」的。「世襲制」中的皇位通常是怎樣傳下去的？

A. 父傳子或兄傳弟　B. 師傳徒

C. 君主讓位予賢者　D. 由選舉產生

（2） 課文中說到，古人認為一個人如果能敬愛他的父兄，便易於進一步敬愛他的君上；如果他能愛他的家，便容易推而廣之愛他的國。這個說法被稱為甚麼？

A. 轉孝成忠　B. 移孝作忠

C. 視家猶國　D. 託家於國

（3） 有子說「孝」「弟」是甚麼的根本？

A. 義　B. 智

C. 仁　D. 勇

（4） 為何孔子那時的人大多以能奉養父母便是「孝」？

A. 這是古時的聖賢說過的

B. 當時為人父母者的要求僅止於此

C. 當時謀生很困難

D. 這是孔子過去的主張

（5） 按本節內容所述，為人子女者除了要養父母外，還須做甚麼才算是「孝」？

A. 尊敬父母　B. 教育父母

C. 娛樂父母　D. 顯揚父母

（6） 承上題，要是做子女的做不到前述的要求，那麼養父母和養甚麼便沒有分別？

A. 雞鴨　B. 犬馬

C. 牛羊　D. 魚蝦

（7） 孔子向樊遲解釋「無違」時，列舉了數項該做的事，但**不包括**以下哪項？

A. 父母在生時以禮來侍奉他們

B. 父母老邁時以禮來教育他們

C. 父母去世後以禮來安葬他們

D. 父母去世後以禮來祭祀他們

二、 字詞解釋 / 語譯

（1） 「君子務本」中的「務」意思是甚麼？

____

（2） 「有酒食，先生饌」中的「饌」有兩解，一解作飲食，另一解是甚麼？

____

（3） 據前人注解，「有酒食，先生饌」中「先生」一詞有哪三種解釋？

____

（4） 「樊遲御」中的「御」是甚麼意思？

____

三、 問答題

（1） 「色難」中的「色」，如解作「父母之色」，那「色難」作何解？

____

____

（2） 「色難」中的「色」，如解作「子女之色」，那「色難」作何解？

____

____

第六章

孔子迷信嗎？

第一節 天人合一

【小故事】

據《聖經》載，上帝要試驗亞伯拉罕，叫他帶着獨生子以撒，往摩利亞地去，要把以撒獻為燔祭。亞伯拉罕備上驢，帶着兩個僕人和他兒子以撒，也劈好了燔祭的柴，就起身往上帝所指示他的地方去了。亞伯拉罕把燔祭的柴放在以撒身上，手裏拿着火與刀，以撒對亞伯拉罕說：「父親哪，請看，火與柴都有了，但燔祭的羊羔在哪裏呢？」亞伯拉罕說：「我兒，上帝必自己預備作燔祭的羊羔。」他們到了上帝所指示的地方，亞伯拉罕在那裏築壇，把柴擺好，就伸手拿刀，要殺他的兒子。這時，上帝的使者從天上呼叫亞伯拉罕，說：「亞伯拉罕，你不可在這孩子身上下手，一點不可害他。現在我知道你是敬畏上帝的了，因為你沒有將你的兒子，就是你的獨生子，留下不給我。」

【原文】

（一）

〈述而〉

子曰：「天生德於予，桓魋[1]其如予何[2]？」

（二）

〈子罕〉

子畏[3]于匡，曰：「文王既沒，文不在茲乎[4]？天之將喪斯文也，後死者[5]不得與于斯文也；天之未喪斯文也，匡人其如予何？」

（三）

〈憲問〉

子曰：「莫我知[6]也夫！」子貢曰：「何為其莫知子也？」子曰：「不怨天，不尤人，下學而上達[7]。知我者其天乎！」

---

① **桓魋**：魋（粵 teoi4 頹；普 tuí）。桓魋，春秋末宋國人，深得國君宋景公寵信，曾任司馬，掌軍權，後謀逆事敗，逃往他國。

② **如予何**：「奈我何」，即能把我怎樣。

③ **畏**：被動用法，被圍困，受危難。

④ **文不在茲乎**：文，指文化傳統；茲，即「此」，孔子自指。

⑤ **後死者**：有兩解，一解作孔子自己，另一解指孔子以後的人。兩者皆可通。

⑥ **莫我知**：沒有人了解我。

⑦ **下學而上達**：下學平常事理而上達高明境界。

【譯文】

（一）

孔子說：「上天生給我以德，桓魋能把我怎樣？」

（二）

孔子被圍困於匡地，說道：「周文王死了，文化傳統不就在我身上嗎？上天若是要斷絕這文化，後人便不能得聞這文化了；上天若是不要斷絕這文化，匡人能把我怎樣？」

（三）

孔子說：「沒有人了解我啊！」子貢說：「為甚麼沒有人了解您呢？」孔子說：「不怨上天，不怪別人，下學平常事理而上達高明境界。了解我的，只有上天了！」

【賞析】

中國古人相信上天，非自孔子始。在殷商時，人們已很崇信「帝」或「上帝」，奉之為最高主宰。到了周朝，人們對「天」或「上天」的信仰則已確立，在他們心中，上天已不但能掌管人間的禍福吉凶，還會賞善罰惡。孔子對上天的信仰，大致承襲自周人，但又有所發展。孔子心中的上天有很強的「人文化」色彩。如在第一個篇章中，孔子認為上天生給他「德」。這句話可從兩方面理解：一方面可指孔子認為自己有上天生給他的「德」，桓魋最多能殺其身，不能滅其「德」；另一方面可解為上天既給孔子生了「德」，對其必有重任，桓魋不能把他怎樣。後一解和《論語》中其他篇章的意思相通。

在第二個篇章中，我們讀到孔子的使命。孔子自認為肩負了繼往開來的使命，把自周文王創立的文化傳至後世，是上天要傳此文化，匡人阻止不了。在這裏，孔子把上天的使命、歷史的使命和文化的使命統一起來，歸結到自身上，其胸襟抱負遠超常人，可謂一派聖人氣象了。而在第三個篇章中，孔子更把上天視作唯一的知己。他自己能「下學而上達」，可謂「超凡入聖」了。孔子明白這麼高的境界世人無法了解，其理想不能實現，其主張不被接納，是意料中事，因此他不怨天，不尤人，只求上天能知道他的心，便足夠了。上天是其信念最大和最後的支持者。

【想一想】

（1）孔子自認為有繼承文化，傳揚文化的使命。你身為讀書人，有沒有這樣的使命感？

（2）你有沒有宗教信仰？如有，你的信仰中的最高主宰和孔子所信的上天有何異同？

【知識小學堂】

桓魋為何要殺害孔子？

答：《史記》並沒有記載為何桓魋要殺害孔子，但《禮記》有一段記載，說孔子以前在宋國時，聽聞時任宋國司馬的桓魋命人為他造石棺，花了三年還未做好，孔子批評桓魋與其那麼奢侈，不如讓屍體早點爛掉好了！桓魋或因此事而仇恨孔子，也有學者認為桓魋是怕孔子威脅其地位，因而要殺害孔子。不過這些都只是推測，實情如何已無法確知。

第二節 誠明敬天

【小故事】

高浚，字定樂，北齊神武帝高歡的第三子。高浚八歲時，有一天，讀書時遇到不明白的地方，便向博士盧景裕請教：「《論語》中說：『祭神如神在。』到底是有神呢？抑或是無神呢？」盧景裕答道：「有神。」高浚說：「如果有神，應當說『祭神神在』，何煩加上個『如』字呢？」博士盧景裕答不上。

高浚問得好，如果有神，為何要加上「如」字呢？這和孔子的鬼神觀和他對祭祀的看法大有關係，讀者如想知道的話，便請看下去吧！

【原文】

（一）

〈八佾〉

祭如在[1]，祭神如神在。子曰：「吾不與祭，如不祭[2]。」

（二）

〈為政〉

子曰：「非其鬼而祭之[3]，諂[4]也。見義不為，無勇也。」

① **祭如在**：有兩解，一說「祭如在」是古語，講的是祭祀時的一般情況，而下句「祭神如神在」是孔子解釋這句古語的話；一說「祭如在」講的是祭祖先，指祭祖先時心中要當祖先在場一樣。後一說較多學者採用，本課從後說。

② **吾不與祭，如不祭**：與，音「預」（粵 普 皆同），參與的意思。古人如由於某些原因而未能親自參與祭祀者，可請人代行祭禮。尚有別的解釋，詳見【賞析】。

③ **非其鬼而祭之**：指祭祀自己祖先以外的亡靈。

④ **諂**：諂（粵 cim2；普 chǎn），奉承、巴結。

【譯文】

（一）

祭祀祖先時心中要當祖先在場一樣，祭祀神明時心中要當神明在場一樣。孔子說：「我如不能親自參與祭祀，即使請了別人代行祭禮，也如同沒有祭一樣。」

（二）

孔子說：「不是自己該祭祀的鬼神而去祭祀祂，這是諂媚。見到合於義理的事而不去做，這是沒有勇氣。」

【賞析】

先說「祭如在，祭神如神在」。「如在」的「如」字，很微妙，有不同層次的含意，可從不同角度解讀。首先，它的第一重含義，指在祭祀時「當」鬼神在場。孔子只說「如在」，對客觀上鬼神是否在場，他沒有作明確的斷語。孔子此處強調的是主觀的心態，這是「如」字的第二重含意，它提醒進行祭祀的人要有視祖先神明如同在場一樣的誠心，不要漫不經心地像進行了一套機械的儀式。明乎此，下文便不難理解。

現在談「吾不與祭，如不祭」。孔子最重視的是臨祭時的誠心，如請人代行祭禮，無論奉上的禮多厚，代祭者做得多稱職，但自己不能親身臨祭致意，這樣也和沒祭差別不大。此句的「與」字如作「贊同」解，又有另外兩種解法。一是「吾不與祭如不祭」，意謂我不認同祭祀時有如不祭祀的態度，亦即不認同沒有「如在」的態度、沒有誠心的祭祀，此解也可通。另一解把句斷作「吾不與，祭如不祭」，意謂若是我不贊同的祭禮，祭了如同沒祭一樣，此解也可通。此意和第二個篇章的主旨相通。拜祭自己的祖先，本着的是孝心，依循的是禮，因此不應懷着求福之心向別的鬼神獻媚。此句旨在提醒人不該做的不要做，下句「見義不為，無勇也」則提醒人該做的便要去做，否則便為沒有勇氣。以此收結，也有重人事多於事鬼神之意。

【想一想】

（1）你有沒有拜祭過祖先？如有，你拜祭時有沒有本着孝心和誠心？抑或只是做完了儀式便算？

（2）儒家認為知道祭禮的道理者能治國。你認為祭禮在現代，對個人、家庭、宗教組織、社會等，有何意義？

【知識小學堂】

周文王所創立的祭祀傳統是怎樣的？

答：《禮記・祭義》有一段記載周文王祭祀的情況：「文王之祭也，事死者如事生，思死者如不欲生，忌日必哀，稱諱如見親，祀之忠也。如見親之所愛，如欲色然，其文王與？」事死者如事生，講的和「祭如在」之意相通，着重的都是一片孝心和誠心。

第三節　天地良心

【小故事】

古人相信鬼神能掌管人的吉凶禍福，因此有事時，如患疾病屢醫未見好轉，便會向鬼神禱告祈福，以求病癒。周武王戰勝商紂王的次年，天下仍未大定，武王卻突然患了重病。太公和召公想占卜問吉凶。周公於是以自身為質，設立了三個祭壇，向着太王、王季、文王之靈禱告，向三王占卜。占卜的人都說吉利，翻開占兆書來看，果然是吉利。周公很高興，又打開鎖在櫃中的占兆書來看，也是吉利。周公於是入宮祝賀武王，說：「我王不會有甚麼大礙了。旦剛受命於三王，讓您可專心謀劃天下長久大計，這正是上天繫念於天子一人啊！」周公之後把祝文收藏在金櫃中，告誡守櫃者切勿洩露。第二天，武王便痊癒了。

【原文】

（一）

〈八佾〉

王孫賈[1]問曰：「『與其媚於奧[2]，寧媚於竈[3]』，何謂也？」子曰：「不然。獲罪於天，無所禱[4]也。」

（二）

〈述而〉

子疾病，子路請禱[5]。子曰：「有諸[6]？」子路對曰：「有之。《誄》[7]曰：『禱爾於上下神祇[8]。』」子曰：「丘之禱久矣。」

---

① **王孫賈**：衛國大夫。

② **媚**：媚（粵 mei6 未；普 mèi），動詞，奉承、討好的意思。**奧**：居室的西南角，是一家主人居住的方位，代指奧神。

③ **竈**：竈（粵 zou3 灶；普 zào），用來生火做飯的設備，這裏指在廚房的竈神。

④ **無所禱**：無處可作祈禱，即向任何地方的神明祈禱都沒有用。

⑤ **請禱**：子路請示孔子，他要為孔子祈禱或代孔子祈禱。

⑥ **有諸**：即「有之乎？」意思是「有（祈禱鬼神）這樣的事嗎？」

⑦ **誄**：誄（粵 leoi5 磊；普 lěi），此處的「誄」其實是「讄」的同音假借字。「讄」，本意是累功德以求福，這裏指向鬼神祈禱的文辭。

⑧ **禱爾**：爾，你。禱爾，替你祈禱。**上下神祇**：祇（粵 kei4 祈；普 qí）。「上下」指天地。天神稱為神，地神稱為祇。上下神祇，即天地神靈。

【譯文】

（一）

王孫賈問孔子說：「『與其討好奧神，不如討好竈神』，這句話是甚麼意思？」孔子說：「不是這樣的。一個人如果得罪了上天，便無處可作祈禱了。」

（二）

孔子病重，子路請代孔子祈禱。孔子說：「有這樣的事嗎？」子路說：「有的。從前的《誄》文上說：『為你向天地神靈祈禱。』」孔子說：「我長期一直都在祈禱啊！」

【賞析】

在前面兩節中，我們可看到孔子相信、敬畏上天，亦不否定鬼神的存在，而強調祭祀時講求誠心。做子孫者祭祀自己的祖先，是份內事，這是「孝」「義」「禮」，並非為求甚麼利益。由此觀之，孔子不認同向鬼神祈福的行為。

本節第一個篇章中，王孫賈所引那句話，當是古語或流行諺語。古人認為奧神地位較尊貴，而竈神較靈驗；奧神位置較遠，而竈神位置較近。因此，討好竈神似乎較方便、實際。王孫賈對孔子說：「『與其討好奧神，不如討好竈神』。」然後問孔子：「這話是甚麼意思呢？」他其實是問：應該怎麼辦，討好誰呢？但是，對這些疑問，孔子斷然否定，既無須討好奧神，也無須討好竈神；誰近誰遠，誰較尊貴，誰更靈驗，這些通通不成問題，無論是去討好誰，都不重要，最重要的是不要「獲罪於天」。孔子的意思，大概是做人做事，須順天理，本良心，其實就是本乎「仁」「義」。注意，孔子沒有鼓勵人向「天」祈禱，而只是叫人不要違背天理，否則，向任何神明祈禱都沒有用。

第二個篇章的主旨，與上文所言相通。孔子面對死亡，也沒有特地向天地神明祈禱，尋求庇佑。他指出平生一向做人做事無愧於天，自然吉人天相，勝於有事時才向神明求救。可見孔子雖然不否定鬼神存在，但並不提倡人刻意去討好鬼神，做事本乎天理良心即可。這是儒家的人文精神。

【想一想】

（1）很多有宗教信仰的人，以至有些沒有特定宗教信仰的人，都有祈禱的習慣。你有沒有祈禱的習慣？如有，你認為有效嗎？祈禱的意義是甚麼？

（2）孔子認為做人做事最重要的是不要違背上天，這遠比向神明祈禱重要。你是否認同？你認為何者更重要？或同等重要？抑或兩者都不太重要，還有別的事更重要？

【知識小學堂】

歷代學者多認為王孫賈與孔子的對答用的是比喻，表面上說向神明祈福，其實另有所指，他們認為指的是甚麼？

答：很多學者都認為王孫賈與孔子說的是衛國當時的政治現實。王孫賈是問孔子他該討好哪個權貴，也有人認為王孫賈是在勸孔子去討好有實權者。而孔子的回答則是，甚麼人都不必刻意去討好，做事本乎天理良心便可，立論十分正大光明。

第四節　人能弘道

【小故事】

孔子某天參加了魯國的蜡祭，禮畢，他到宮外的門樓遊覽，發出了一聲長歎。子游在側，問老師為何歎氣。孔子歎的是禮已衰微，並把禮的意義向子游解說了一番。孔子說：「禮始於飲食。古人最初把黍米和肉烤熟來吃，挖土坑儲水，用手捧着水來飲，摶泥做鼓和鼓槌，這樣簡陋，也可以向鬼神致敬。有人逝世，家人便登上屋頂，高喊：『某，回來啊！』然後就用生米填塞在死者口中，又用草葉包些熟肉來送葬。就這樣望向天而藏在地，肉體入土，靈魂升空。後世的人，把亡者屍身的頭朝北，活人則朝南而居，都是沿着古時的風俗……如今祭祀時，準備各種酒醴，陳列犧牲，齊備鼎俎等器物，擺設琴、瑟、管、磬、鐘、鼓等樂器，撰寫祝辭，以迎接上神和祖先的降臨。通過祭祀，端正君臣的名分，增厚父子的感情，和睦兄弟的情誼，溝通上下的關係，夫婦各得其所，這就叫做承受天賜的福氣。」

【原文】

（一）

〈述而〉

子不語[1]怪、力、亂、神[2]。

（二）

〈先進〉

季路[3]問事[4]鬼神。子曰：「未能事人，焉能事鬼？」曰：「敢問死？」曰：「未知生，焉知死？」

---

① **子不語**：孔子不談論。

② **怪、力、亂、神**：怪，怪異的事；力，勇力的事；亂，悖亂的事；神，鬼神的事。

③ **季路**：即子路。

④ **事**：事，動詞，侍奉。

【譯文】

（一）

孔子不談論怪異、勇力、悖亂、鬼神等事。

（二）

子路問侍奉鬼神的事。孔子說：「未能好好侍奉人，怎能侍奉鬼呢？」子路問：「斗膽請問『死』又如何？」孔子說：「未知道『生』之道，怎能知道『死』之道呢？」

【賞析】

孔子不談論怪異、勇力、悖亂、鬼神等事。怪異的事，不合常識常理，使人驚懼和疑惑，不宜談論；勇力的事，容易激起人們爭鬥和盲目崇拜之心，也不宜談論；悖亂的事，有違忠孝倫常，不利社會安定，也不宜談論；鬼神的事，虛無縹緲，往往導人迷信，也不宜談論。這四種事，於世道人心有損無益，孔子不談。

在第二個篇章中，子路問了「事鬼神」和「死」兩個問題，孔子的回答如出一轍，都用了反問：「未能好好侍奉人，怎能侍奉鬼呢？」「未知道『生』之道，怎能知道『死』之道呢？」有很多論者說孔子這樣回答，是因他認為「事鬼神」和「死」與「怪、力、亂、神」同類，都是渺茫難知，多談無益的事，所以不願答。看似有理，但想深一層，恐怕不然。子路問的是「事鬼神」，而非「鬼神」。在《論語》中，孔子不談及「鬼神」的具體情況，但卻已不止一次談及和「事鬼神」有關的內容。同樣，「死」後的具體情況，孔子不談，但和「死」有關的內容，孔子卻多次談及，有學者統計過，孔子在《論語》中言及「死」字多達二十次。因此，孔子的意思，當不是「事鬼神」和「死」不可談，而是談它們之前，要先了解「事人」和「生」，這就是「未」的真正意思，說的其實是先後的問題。《中庸》說：「事死如事生，事亡如事存，孝之至也。」不明白「事人」之孝，就不能明白「事鬼」之孝；不懂如何做人，不懂生存的意義，也不能明白如何面對死和死的意義。孔子重視現實人生，教人落實日常生活，宜先掌握「事人」和「生」的道理，才進一步學「事鬼」和「死」的道理，前者較重，後者較輕，因此有實踐上的先後輕重。所謂物有本末，學有先後。孔子的反問，乃教學法的運用，有引導子路發問和啟發他思考的作用。從以上可見，孔子的鬼神觀，恪守人本主義，務實不務虛。

【想一想】

（1）孔子不談「怪、力、亂、神」，但很多人卻對它們非常感興趣，有關這些題材的文學、影視作品歷久不衰。你對這些事情感興趣嗎？你認為這些該不該談？

（2）孔子主張「未能事人，焉能事鬼？」「未知生，焉知死？」，但也有人持相反的立場，認為要先懂得侍奉神靈才懂得怎樣做人，要先對死亡有一定的看法才能明白人生的意義和方向。你怎樣看？

【知識小學堂】

【小故事】中說到的蜡祭是甚麼？詳情是怎樣的？

答：蜡（粵 zaa3 炸；普 zhà），意思是求索，是周代祭禮的一種，於周曆每年十二月舉行。蜡祭聚合萬物的神靈，以各式穀物祭饗，來報答神靈的恩賜。

【強化訓練】

一、 選擇題

（1） 「子畏于 ____ 」中的「 ____ 」是哪個地方？

A. 蔡　B. 鄭
C. 匡　D. 梁

（2） 「非其鬼而祭之，諂也。」據課文中的解釋，「非其鬼」指的是？

A. 不是自己祖先的亡靈
B. 生前做了惡事的亡靈
C. 和自己本人或至親有仇的亡靈
D. 枉死的亡靈

（3） 「見 ____ 不為，無勇也。」

A. 仁　B. 義
C. 道　D. 利

（4） 「與其媚於奧，寧媚於 ____ 。」

A. 門　B. 柱
C. 廳　D. 竈

（5） 「子不語怪、力、亂、____ 。」

A. 鬼　B. 神
C. 仙　D. 佛

（6） 誰向孔子問有關「事鬼神」和「死」等事？

A. 子路　B. 顏回
C. 子貢　D. 冉求

（7） 孔子回答「事鬼神」一問，說了「未能事 ____ ，焉能事鬼」。

A. 父　B. 師
C. 君　D. 人

（8） 綜合本章孔子對祭禮的看法，以下哪一項**不是**孔子所重視的？

A. 子孫祭祖的孝心

B. 祭神者的誠心

C. 鬼神給祭祀者的回報

D. 以禮治國的作用

二、 字詞解釋 / 語譯

（1）「子畏於____」中的「畏」意思是甚麼？

____

（2）「桓魋其如予何？」中的「如予何」是甚麼意思？

____

（3）「文王既沒，文不在茲乎」中的「茲」指甚麼？

____

（4）「與其媚於奧」中的「奧」意思是甚麼？

____

（5）「下學而上達」是甚麼意思？

____

三、 問答題

（1）「吾不與祭如不祭。」此句可作多種解釋，請舉出其一。

____

____

（2） 歷代注解者多認為王孫賈與孔子的對答用的是比喻，那麼大部分注解者認為王孫賈與孔子說的是甚麼？

____

____

第七章

音樂家孔子

第一節　能歌擅樂

【小故事】

孔子跟師襄子學彈琴，學了十日，仍是同一首曲子。師襄子說：「現在可以學新曲子了。」孔子說：「我熟習了它的旋律，但未掌握彈奏之道。」過了一段時間，師襄子說：「現在你已掌握了彈奏之道，可以學新曲子了。」孔子說：「我還未領略曲子的奧妙之處。」過了一段時間，師襄子說：「現在你已領略了它的奧妙之處，可以學新曲子了。」孔子說：「我還未知道作曲者是誰。」過了一段時間，孔子時而默然沉思，時而怡然自得。孔子說：「我知道作曲者是誰了。他皮膚黝黑，身形高大，眼望遠方，胸懷天下，一派王者風範，除了周文王，還有誰能作此曲呢？」師襄子聽畢，起座拜禮，說：「我的老師也認為此曲是《文王操》。」

【原文】

（一）

〈述而〉

子與人歌而善[1]，必使反之，而後和之[2]。

（二）

〈陽貨〉

孺悲[3]欲見孔子，孔子辭以疾。將命者[4]出戶，取瑟而歌，使之聞之。

（三）

〈述而〉

子食[5]於有喪者[6]之側，未嘗飽也。子於是日[7]哭，則不歌。

---

① **善**：唱得好。

② **必使反之，而後和之**：反，再唱一遍。和，動詞，唱和。句意是，一定請歌者再唱一遍，然後與他唱和。

③ **孺悲**：春秋末魯國人。魯哀公曾使孺悲向孔子學士喪禮。

④ **將命者**：傳話人。

⑤ **食**：動詞，進食。

⑥ **有喪者**：家中正在辦喪事的人。

⑦ **是日**：此日、這一天。

【譯文】

（一）

孔子和人一起唱歌，如那人唱得好，一定請他再唱一遍，然後自己又與他唱和。

（二）

孺悲想見孔子，孔子推說有病。孺悲的傳話人剛出門，孔子便取了瑟來彈奏，一邊鼓瑟一邊唱歌，故意讓他聽到。

（三）

孔子在有喪事者的旁邊進食，從來都不會吃飽。孔子在這一天哭過，便不會唱歌。

【賞析】

在第一個篇章中，我們可看到孔子很喜歡唱歌，且也很會唱歌，遇到某人唱歌唱得好，便請那人重唱一遍，自己再與他唱和。有的學者認為孔子是和一群人唱歌，擇其善者，請他們重唱，自己再去和他，從中可看到孔子與人為善的美德及虛心學習的精神。別人唱得好，請他重唱，是一種嘉許，而孔子也能細品其妙處，從中學習，孔子再去和他，有交流及切磋的意思，雙方都能得益。如果面對的是一群人或一眾弟子，則學習與教育的功能更為顯著。從這段話，我們可領略到孔子「學而不厭，誨人不倦」（《論語・述而》）的精神。

在第二個篇章，我們可以看到孔子如何巧妙地用鼓瑟和歌唱來回覆人和教導人。孔子為何不想見孺悲呢？實情如何難以確知，但孔子的答覆實在巧妙。他先推說有病不見客，又故意鼓瑟唱歌使人聽見。既然有氣力、有心情鼓瑟唱歌，那孔子自然是沒有生病的了，在這裏用的方法即後來《孟子》所說：「教亦多術矣。予不屑之教誨也者，是亦教誨之而已矣！」孔子這個答覆，就是不直斥其非，而是要孺悲反省一下有甚麼地方做錯了，令孔子不願意見他，從而改過。

在第三個篇章，我們可以看到孔子的同情心，以及他對歌唱的態度。有喪事在身者，自然食也不甘味。孔子在有喪事者的身旁，出於同情心，也會感到哀傷，因而胃口大減，無心飲食，吃也吃不飽，縱有美味也嚐不到了，這時候又怎能領略到歌唱的樂趣呢？因此，孔子於當日因吊喪而哭過，便再也沒有心情唱歌了。從這段文字推測，孔子喜歡唱的應不是悲傷的歌，而是調子積極健朗的歌，他唱歌乃出於愉快心情的自然流露，這種歌當然不適合內心悲痛哀傷者唱的了。

【想一想】

（1）你有沒有學過唱歌和演奏樂器？如有，當你遇到精於此道的人，會否請他表演，和他交流切磋一番？

（2）孔子於一天中哭過，便不會唱歌。但也有人主張音樂可以釋放情緒，對維持心理健康有幫助，你同意哪一種見解？試分析並和同學討論。

【知識小學堂】

前文提到的師襄子是誰？

答：師襄子是春秋末魯國的樂官，擅擊磬，也精於彈琴。古時樂官稱為「師」，後來有些樂官把「師」當作姓。「子」是尊稱，因其精於音樂而得來。

第二節 繞樑三日

【小故事】

隋唐時期，太樂令（掌管祭禮用樂的官員）曹紹夔，十分精通樂理。有一年在北郊舉行冬祭時，曹紹夔不知道因何得罪了監督祭祀的長官。長官心懷不滿，想借樂律不諧為由治曹紹夔的罪，於是他亂敲鐘磬，要曹紹夔來辨識音律，說出樂音的名稱。曹紹夔竟然都說對了，反倒令這位長官大為佩服。

當時，洛陽有位僧人是曹紹夔的朋友，他房裏的磬每到夜裏就會自行發聲。僧人感到怪異，久懼成病。曹紹夔知道了，對他說：「你明天準備一桌豐盛的佳餚，我定能幫你除掉它。」僧人半信半疑，但仍在第二天擺了一桌酒席。曹紹夔來到，吃罷酒席，從懷中取出一把銼刀，將僧人房間中的磬銼了幾處。自此之後，那個磬再也不會無故自己發出聲響了。僧人對此不解，曹紹夔向他解釋：「你這磬之所以不敲自鳴，是因磬聲與齋堂的鐘聲音律相合，只要一敲鐘，它就會發聲相和。銼了以後，磬聲不再與鐘聲相合，便不會不敲自鳴了。」僧人聽後很高興，他的病也因此痊癒了。

【原文】

（一）

〈述而〉

子在齊聞《韶》[1]，三月不知肉味[2]。曰：「不圖[3]為樂之至於斯[4]也！」

（二）

〈八佾〉

子謂《韶》：「盡美矣，又盡善也。」謂《武》[5]：「盡美矣，未盡善也。」

---

① **《韶》**：樂章名，相傳為舜所作。

② **三月**：古文中「三」未必是實數，多為虛數，表達「數」或「多」的意思。
不知肉味：指吃肉也嚐不到味道。

③ **不圖**：想不到。

④ **至於斯**：達到這地步。

⑤ **《武》**：樂章名，相傳為周武王所作。

【譯文】

（一）

孔子在齊國聽了《韶》樂，一連數月的時間，吃飯時也嚐不出肉味來。孔子說：「沒想到音樂令人到了這樣的境界啊！」

（二）

孔子評論《韶》樂時說：「美極了，又善極了。」評論《武》樂時說：「美極了，但未盡善。」

【賞析】

孔子的音樂造詣頗深，既擅奏樂，也精於鑒賞音樂，他一生都與音樂為伴。當孔子被困陳、蔡之間，與外界隔絕，斷糧七日時，弟子們滿懷憂慮，而孔子卻從容淡定，一如往常為學生講課，弦歌之聲不絕。此時的音樂，成了他與弟子的精神食糧。即使到了臨終前幾日，孔子預感到生命將盡，仍不忘用歌聲來抒發生命將盡的唏噓與歎喟。

提起孔子對於音樂的評論，「子在齊聞《韶》，三月不知肉味」無疑是最廣為人知的一段話了。他在齊國聽到高雅的《韶》樂，一連多個月來，終日沉浸於美妙的旋律之中，竟然在吃飯時對肉的美味也無所知覺。孔子不禁感歎音樂之美竟然會令人達到這種境界，由此可見孔子對音樂沉迷之深。

為何孔子會因《韶》樂而那麼着迷呢？答案在第二個篇章，孔子說《韶》樂美極了，又善極了；他又說《武》樂美極了，但未盡善。為何孔子會作這樣的評價？不少學者認為這是由於作曲者經歷不同。舜受堯禪讓而得天下，因此所作樂曲帶和平之音；周武王以討伐紂王而得天下，因此所作樂曲帶殺伐之聲，是以孔子偏愛《韶》樂。孔門教育着重音樂，其教學目的不僅限於享受音樂、培養興趣或研習樂理，而是借中和之音，熏陶人心，以營造融洽和諧的社會秩序。

【想一想】

（1）你喜歡聽音樂嗎？你有沒有試過沉迷音樂？如有，試和同學分享這樣的經驗。

（2）孔子評論音樂時用「美」與「善」為標準，但也有些人認為音樂是純粹的藝術，只需講求「美」,「善」與否並不重要。你怎麼看？

【知識小學堂】

是甚麼樂器讓孔子「三月不知肉味」？

答：孔子在齊國聽聞的《韶》樂，據說是大舜的音樂。大舜之世，久遠而古樸，其時的音樂，想必也是是古樸平和的。從考古發現來看，史前的樂器，主要有笛、塤、石磬等。山東青州出土為數不少的東周韶塤，由此猜想當時齊地之《韶》樂，很可能為韶塤所演奏之樂。

第三節 制禮作樂

【小故事】

《禮記‧仲尼燕居》記載了一則孔子與學生談及禮樂的對話，其中有一段的意思是這樣的：

子張問如何施政。孔子說：「子張呀，我告訴你吧。君子懂得禮樂，拿來放在政治上，便可以了。」子張再問。孔子說：「子張，你以為鋪設案桌，獻酒共飲，那才叫做禮嗎？你以為排列舞隊，揮動羽籥，敲鐘打鼓，那就叫做樂嗎？但凡說了而能履行，就是禮；履行了而心中愉快，就是樂。君子勉力於禮樂，居於統治者之位，便可天下太平。諸侯都來朝覲，萬物各得其所，百官中誰也不敢不奉公守法以辦事了。」

【原文】

（一）

〈陽貨〉

子曰：「禮云禮云[1]，玉帛[2]云乎哉？樂云樂云，鐘鼓云乎哉？」

（二）

〈泰伯〉

子曰：「興於詩[3]，立於禮[4]，成於樂。」

（三）

〈八佾〉

子曰：「人而不仁，如禮何[5]？人而不仁，如樂何？」

---

① **禮云禮云**：此處有兩種解法，其一謂「云」是語助詞，無義；另一謂「云」是動詞，說話的意思，在此解作「這也說是禮，那也說是禮」。兩說均可通，但較多學者採用前者。下句「樂云樂云」也一樣，不贅。

② **玉帛**：玉指圭璋之類的玉製品，既名貴又象徵吉祥；帛指絲織品。

③ **興於詩**：興，動詞，指興起。

④ **立於禮**：立有多解。一、能自立；二、站得住腳；三、能立身於社會。

⑤ **如禮何**：意謂即使有禮又如何？下文「如樂何」，解法相同，不贅。

【譯文】

（一）

孔子說:「禮呀，禮呀，僅止於奉獻玉帛等禮物嗎？樂呀，樂呀，僅止於演奏鐘鼓等樂器嗎？」

（二）

孔子說：「詩使人興起，禮使人能立身，音樂使人的發展得以完成。」

（三）

孔子說：「人若沒有仁德，即使有禮又如何？人若沒有仁德，即使有樂又如何？」

【賞析】

周公制禮作樂，兩者配合，開創了「郁郁乎文哉」的燦爛文明，為後世所效法和遵奉。時至春秋，周王室衰敝，戰亂不斷，篡弒迭起，致使禮崩樂壞，社會秩序大亂。孔子以復興禮樂制度為己任，因此，他對音樂十分重視。一方面，他秉承了古代樂教傳統，另一方面，他則以仁學為核心，對音樂重新審視，形成了影響深遠的音樂美學。

從第一個篇章中，我們看到孔子對禮樂的看法。贈送玉帛、敲擊鐘鼓，只是禮樂的形式，不是不重要，但僅是皮相而已。禮樂的真正意義，在於對內可提升個人修養，對外可用於治國。禮樂要怎樣才能提升個人修養？子曰：「興於詩，立於禮，成於樂。」禮可讓人立身，但要成就全人發展，便需要音樂。「樂」是「六藝」中的一種，是儒生的必修課。現今教育提倡「德、智、體、群、美」，「美育」也包括了音樂，可見古今的教育家，都重視音樂這一科。

音樂固然可以陶冶性情、變化氣質，但能否收效，要視乎其「人」心中有沒有仁德。如果只抱着娛樂的心態去聽音樂，或只當做日常練習或例行公事來演奏或演唱，這樣對提升個人修養的好處有限。反之，如果聆聽者或演出者心中有仁德，當他聽像《韶》樂等「盡美盡善」的音樂時，便能心與樂契，受音樂熏陶，趨於美善之境了。從外在到內在，從外在美到內在美，禮樂一以貫之，從修身始，至齊家，至治國，至平天下，禮樂教化之功，不亦大乎？

【想一想】

（1）你們都上過音樂課，你認為上音樂課除了能增加你在音樂方面的知識外，還有甚麼得着？試和同學討論。

（2）你喜愛音樂嗎？如果喜愛的話，音樂能否陶冶你的性情，提升你的個人修養？試和同學分享經驗。

【知識小學堂】

把音樂科列作「美育」的主科之一，實行「德、智、體、群、美」五育並重的教育方針，是在甚麼時候推行的？

答：1931 年，國民政府制訂《三民主義教育實施原則》，高等教育之訓育目標定為：「應以三民主義為中心，養成德、智、體、群、美兼備之人格。」

第四節 與民同樂

【小故事】

有一天，孟子問齊宣王：「大王告訴莊暴您喜好音樂，有這件事嗎？」宣王臉色一變，說：「寡人並非喜好先王的音樂，只是喜好世俗的音樂罷了。」孟子說：「大王這樣喜好音樂，齊國該管治得不錯吧！現在的俗樂與古時的雅樂差別不大。」宣王說：「這道理能否說來聽聽？」孟子說：「獨個兒欣賞音樂而快樂，和別人一起欣賞音樂而快樂，哪個更快樂？」宣王說：「和別人一起欣賞音樂更快樂。」孟子說：「讓我來談一談音樂吧。要是大王現在於此奏樂，百姓聽到大王鳴鐘鼓與吹笛簫的聲音，一臉悲苦地互相訴說：『大王喜好音樂，為何卻使我們的生活這樣悲慘呢？父子不能相見，兄弟、妻兒分離流散。』⋯⋯這樣無非是大王不與民同樂之故。要是大王現在於此奏樂，百姓聽到大王鳴鐘鼓與吹笛簫的聲音，都欣然喜樂地互相訴說：『我們大王大概沒有疾病吧？否則怎能奏樂呢？』⋯⋯這樣無非是大王與民同樂之故。大王如果能與百姓同樂，便是在行王道了。」

【原文】

（一）

〈子罕〉

子曰：「吾自衛返魯，然後樂正，《雅》《頌》各得其所。」

（二）

〈先進〉

子曰：「先進於禮樂，野人也；後進[1]於禮樂，君子也。如用之，則吾從先進。」

（三）

〈陽貨〉

子之武城，聞弦歌之聲。夫子莞爾[2]而笑，曰：「割雞焉用牛刀？」子游對曰：「昔者偃[3]也聞諸夫子曰：『君子學道則愛人，小人學道則易使也。』」子曰：「二三子！偃之言是也。前言戲之矣。」

---

① **先進、後進**：有多種解法。錢穆《論語新解》解作孔門弟子中的「前輩」「後輩」。本節從之。

② **莞爾**：微笑的樣子。

③ **偃**：即子游。他姓言，名偃，子游為字。

【譯文】

（一）

孔子說：「我自衛國回到魯國後，把音樂整理好，使《雅》《頌》各得適當安排。」

（二）

孔子說：「先入門的弟子，在禮樂方面，像田野農人那樣質樸；後入門的弟子，在禮樂方面，像士大夫那樣多文飾。如要選用人，我會選擇先入門的弟子。」

（三）

孔子到了武城，聽到彈琴唱歌的聲音。孔子微笑說：「殺雞何必用宰牛的刀呢？」子游回答說：「從前我聽過夫子說：『在上位的士人，接受了禮樂教育，便能愛人；在下位的百姓，接受了禮樂教育，便易於使喚。』」孔子說：「弟子們！子游說得對。我剛才的話是跟他開玩笑而已。」

【賞析】

孔子結束周遊列國，終於從衛國回到魯國後，便着手整理音樂，使《雅》《頌》各得適當安排。孔子對此十分重視，因音樂具有移風易俗的功能，故他素來認為制禮作樂是天下大事。天下有道時，最終治權在天子，禮樂由天子定；天下無道時，天子大權旁落，禮樂由諸侯、大夫，甚至家臣定了。孔子看到天下禮崩樂壞，挺身出來整理王室的音樂（《雅》《頌》），由此可見孔子的遠大抱負。

既然禮樂那麼重要，當政者該用懂禮樂的人為官。在第二個篇章中，孔子認為先入門的弟子，在禮樂方面，像田野農人那樣質樸；後入門的弟子，在禮樂方面，像士大夫那樣多文飾，而要取用的話，寧取前者。為甚麼呢？在第三節中我們看到，孔子對於禮樂，着重的不是形式——玉帛鐘鼓，而是實質——仁心。質樸者近仁，文飾太多的話反而不好。任用懂禮樂的人為官，有甚麼好處呢？在第三個篇章中，記述了子游任武城的宰官，施行教化，使人民弦歌之聲不絕。這是因為他從孔子學到，在位者懂禮樂，便會愛人民；人民懂禮樂，便會行為合度，也易於使喚。這樣的社會，當政者和人民和諧共處，孔子見到也高興地莞爾而笑，更不經意地說了些開玩笑的話兒哩！禮樂之用，不亦大乎？

【想一想】

（1）儒家認為音樂能移風易俗。你認為時下的流行曲，對社會風氣有何影響？好處多還是壞處多？試舉例分析並和同學討論。

（2）儒家認為音樂對教化和治國十分重要。你認為這些主張對今日的香港社會是否適用？當政者能否以音樂教化人民和治理政事？試分析並和同學討論。

【知識小學堂】

《雅》《頌》指的是甚麼？

答：《雅》《頌》是《詩經》內容和樂曲分類的名稱。孔子既說「樂正」，當指後者。《史記·孔子世家》說孔子曾把《詩經》中的詩篇都配上了合乎《韶》《武》般善、美，和合乎宮廷音樂格調的樂章，所指的很可能便是「《雅》《頌》各得其所」一事了。

【強化訓練】

一、 選擇題

（1） 「盡美矣，未盡善也」是孔子對哪首音樂作品的評價？

A.《韶》　　B.《武》

C.《雅》　　D.《頌》

（2） 舜受誰禪讓而得天下？

A. 禹　　B. 黃帝

C. 炎帝　　D. 堯

（3） 子曰：「禮云禮云，________ 云乎哉？」

A. 金銀　　B. 珠寶

C. 玉帛　　D. 禮器

（4） 子曰：「樂云樂云，________ 云乎哉？」

A. 鐘鼓　　B. 琴瑟

C. 笛簫　　D. 樂譜

（5） 孔子說，一個人要是缺少了一樣東西，即使有禮、樂又如何呢？他說的那樣東西是甚麼？

A. 德　　B. 仁

C. 義　　D. 信

（6） 子曰：「興於 ____ ，立於禮，成於樂。」

A. 歌　　B. 舞

C. 詩　　D. 文

（7） 子曰：「吾自衛返魯，然後樂正，________ 各得其所。」

A. 關雎　　B. 雅頌

C. 韶舞　　D. 琴瑟

（8） 在本章最後一個篇章中，孔子在哪兒聽到弦歌之聲？

A. 武城　　B. 葉邑

C. 大梁　　D. 莒父

二、 字詞解釋 / 語譯

（1） 「子與人歌而善，必使反之，而後和之」中的「反之」是甚麼意思？

____

（2） 「將命者出戶，取瑟而歌，使之聞之」中的「將命者」是甚麼人？

____

（3） 承上題，「使之聞之」是甚麼意思？

____

（4） 「不圖為樂之至於斯也」中的「不圖」是什意思？

____

（5） 承上題，「斯」是甚麼意思？

____

三、 問答題

（1） 孔子在齊國聽了《韶》樂，十分陶醉，沉迷到甚麼程度？

____

____

（2） 孔子評論樂曲時，指某一首曲子「未盡善」，學者多認為是因作者的經歷反映在曲子裏。請問該曲作者有甚麼經歷？

____

____

第八章

孔子談交友

第一節 高山流水

【小故事】

伯牙，戰國楚人，精於琴藝，有「琴仙」之稱。鍾子期，楚人，擅長品評琴音。

某日，伯牙觀覽山水，一時琴興大發，便撫琴奏曲。恰巧鍾子期在旁，聽罷琴音後歎道：「巍巍乎若高山！」伯牙再奏另一曲，鍾子期歎道：「洋洋乎若江河！」兩句評語均道出了伯牙琴音的意境。伯牙幸遇知音，大感欣慰。古語有云：「萬兩黃金容易得，知心一個也難求」，兩人遂結為至交。

後來，鍾子期死了，伯牙認為世上已無知音，於是斷弦碎琴，終生不再奏曲。有詩云：「摔碎瑤琴鳳尾寒，子期不在對誰彈！春風滿面皆朋友，欲覓知音難上難。」後人更以伯牙碎琴的故事，改編成琴歌《伯牙弔子期》。

【原文】

〈顏淵〉

曾子曰：「君子以文[1]會友；以友輔[2]仁。」

① **文**：指《詩》《書》《禮》《樂》等。

② **輔**：輔助。

【譯文】

曾子說：「君子以切磋文章學問來交朋友，藉朋友幫助自己實踐仁德。」

【賞析】

這一章，我們來談談孔子的交友觀。中國傳統以君臣、父子、夫婦、兄弟、朋友為「五倫」，「朋友」為五倫之一，自然不可忽視。在現代社會，大城市人口稠密、交通便捷、社交媒體多，人際交往變得頻繁和多元化。在這種情況下，學習交友之道，以立身處世，更為重要。

說起交友這話題，在《論語》中最著名的話當屬「學而時習之，不亦說乎？有朋自遠方來，不亦樂乎？人不知而不慍，不亦君子乎？」這一段了。與志同道合的朋友，一起學習，實踐所學，交流切磋，當然比孤身一人學習更有樂趣、更有得着了，這種良性互動，乃君子之交。曾子之言：「君子以文會友，以友輔仁」，正好是最佳註腳。「以文會友」，一同切磋學問文章，交流心得，互相學習，正好呼應「學而時習之」的「學」字。「以友輔仁」，和朋友一起實踐仁德，共同努力，正好呼應「學而時習之」的「習」字。這正是「君子」的交友之道。

「以文會友」，是中國古代文人的傳統。文人藉着聚會交流，一起唱和應答，談詩論藝，通過互相切磋詩文增進友誼。例如晉穆帝永和九年，王羲之帶着兒子與一眾知交好友，在會稽山陰雅集，稱為「蘭亭集會」。會上共有二十六人即席賦詩，共得詩三十七首，輯成《蘭亭詩》，由王羲之作序並書寫。王羲之一時書興大發，不但創作出一篇絕妙文章，更令人歎服的是其爐火純青的書法造詣，寫出了被後世推許為「天下第一行書」的《蘭亭集序》。「蘭亭集會」堪稱中國古代文化界的一場盛會。「以文會友」之風，在詩歌流行的唐代更盛了。如李白與杜甫兩大詩人，以詩相交結為好友，傳為千古美談。除李、杜外，唐朝詩人如元稹與白居易、柳宗元與劉禹錫，都是因詩文而結為至交的。曾子所提倡的「以文會友」，為「君子之交」奠定了良好的基礎。

【想一想】

（1）現在交通工具便捷，而且通訊的渠道多，和遠方的朋友聯繫變得容易多了。你有沒有身在遠方的朋友？如有，你們通常用甚麼方法通訊？試比較各種和遠方朋友通訊的方法有何利弊。

（2）曾子提倡「以文會友，以友輔仁」。你喜歡和同學分享知識和交流學習心得嗎？你有沒有試過和朋友一起為共同理想而奮鬥？試和同學分享這些經驗。

【知識小學堂】

現存的《蘭亭集序》是王羲之的真跡嗎？

答：不是。相傳唐太宗因酷愛王羲之的《蘭亭集序》，把它作為殉葬品，埋於其陵墓：昭陵。但昭陵曾於五代時被盜，當中並未發現有《蘭亭集序》在內。有不少專家學者推斷，是王羲之真跡的《蘭亭集序》被埋於唐高宗與武則天合葬的乾陵。現存的《蘭亭集序》是摹本與拓本，其中以唐朝人馮承素的「神龍本」公認為最佳的摹本。

第二節　團隊合作

【小故事】

徐源平民出身，雖然有才華、有大志，為人慷慨而重情義，但賞識他的人不多。呂岱偶遇徐源，交往了一段日子後，對徐源的人品和才能了解日深，情誼也越來越厚。沒多久，雙方便結為知己，過從甚密。呂岱知道徐源能成大器，便送他頭巾和服飾，薦拔他做官。徐源不負所望，因政績良好，仕途發展順利，官至侍御史。徐源秉性正直敢言，呂岱每有得失，他便當即勸諫。有時，還在公開場合論析呂岱的不是。有人將這情況告訴呂岱，呂岱歎道：「此正是我之所以看重德淵的原因啊！」後來徐源死，呂岱哭得甚為悲哀，說道：「徐德淵，是我呂岱的益友，如今不幸早逝，我以後可從哪兒聽聞自己的過錯呢？」

【原文】

〈季氏〉

子曰:「益者三友,損者三友[1]:友直[2],友諒[3],友多聞[4],益矣;友便辟[5],友善柔[6],友便佞[7],損矣。」

① **友**:在「益者三友,損者三友」中,「友」字作名詞;在「友直,友諒,友多聞」及「友便辟,友善柔,友便佞」中,「友」字作動詞,即與之為友。

② **直**:正直。

③ **諒**:有兩種解法。其一,《說文》:「諒,信也。」古文中「諒」與「信」有時意思相同。按照朱熹《論語集注》中的注釋(以下稱「朱注」),「諒」可解釋為「信實」;另一解謂「諒」為「原諒」或「體諒」。兩解均可通。

④ **多聞**:見多識廣。

⑤ **便辟**:按朱注,「便」為「習熟」之意,「便辟」,即「習於威儀而不直」,可譯作虛有儀表而表裏不一的人。

⑥ **善柔**:按馬融的注釋,解作「面柔」,即表面上裝作柔順。

⑦ **便佞**:佞,有口才,善辯。便佞,慣於花言巧語,喜歡誇誇其談的人。

【譯文】

孔子說：「有益的朋友有三種，有害的朋友有三種。與正直的人交朋友，與信實的人交朋友，與見聞廣博的人交朋友，是有益的。與虛有儀表而表裏不一的人交朋友，與表面上裝作柔順的人交朋友，與慣於花言巧語的人交朋友，是有害的。」

【賞析】

這一節，我們來談談孔子的擇友之道。社會上有各式人物，善惡賢愚，要分辨實在不易，常言道：「人心隔肚皮」，我們在擇友時要三思。《弟子規》上說：「能親仁，無限好，德日進，過日少。不親仁，無限害，小人進，百事壞。」可見朋友對我們的生活，尤其品德修養方面，影響很大。孔子深明此道，他把朋友劃分為「益者三友」「損者三友」，告誡我們要慎於擇交。「直」友，有事情或有說話，都不作隱瞞，假如我們有甚麼事做錯了，有甚麼話說錯了，他們也會直言不諱，如此一來，我們就能聞己之過，以改正過來。「諒」友，實話實說、不欺騙人，我們可放心和他們交往，不用擔心被他們欺騙。「多聞」友，見識多、學問大，我們可以向他們學到很多知識。從以上分析可見，結交益友對我們的德行、人品、器量、學問，都有莫大的益處。

對自身修養有害的損友亦有三種：「便辟」「善柔」「便佞」。「便辟」之人，虛有儀表，偽裝造作，喜做表面功夫而表裏不一，我們容易為其虛假面孔所欺騙。「善柔」之人，表面上裝作柔順，工於諂媚，假意奉迎人，對人陽奉陰違，別有用心。「便佞」之人，慣於花言巧語，我們容易受其迷惑和愚弄。孔子曰：「巧言、令色、足恭，左丘明恥之，丘亦恥之。」(《論語・公冶長》)「巧言」即是「便佞」；「令色」亦即「善柔」；「足恭」與「便辟」相通，都是虛有儀表。這三類損友，避之則吉。

【想一想】

（1）在現代社會交友容易，但卻每見搞小圈子的現象。人們對圈子裏的人只讚賞，不批評；對圈子外的人則百般挑剔。你怎樣看待這種現象？

（2）今天人們交友的機會比古人多，交友的對象和形式都有了很大變化。在這種情況下應該怎樣來選擇朋友呢？談談你的看法。

【知識小學堂】

前文中提到的左丘明是誰？《左傳》又是一本怎樣的書？

答：《左傳》，原名《左氏春秋》，又稱《春秋左氏傳》，是一部編年體史書，與《公羊傳》《穀梁傳》合稱「春秋三傳」。左丘明，生卒年不詳，姓名也有爭議，有的學者認為「左丘」是複姓，「明」是其名；也有學者認為「左」是姓，「丘明」是其名；也有學者認為「丘」是姓，「明」是名，「左」是其尊稱，在姓名前加上「左」是因其世代為「左史」。除了知道他為春秋末魯國史官，並據傳編寫了《左傳》和《國語》外，後人對其生平所知很少。

第三節 待人以誠

【小故事】

鮑叔牙與管仲自小友好，年輕時曾一同做生意。鮑叔牙深知管仲有治國大才，始終對其尊敬有加。齊襄公在位時，有兩個弟弟流落在外，公子糾在魯國，公子小白在莒國。管仲在魯國侍奉公子糾，鮑叔牙則在莒國侍奉公子小白。齊襄公逝世，兩位公子爭先趕回齊國登基。管仲在途中，以箭射中公子小白，公子小白裝死，騙過管仲，暗地裏快馬加鞭，搶在公子糾之前回國登基，是為齊桓公。齊桓公欲拜鮑叔牙為相，但鮑叔牙卻向齊桓公力薦管仲，指管仲的才能遠勝自己。齊桓公幾經考慮，終於聽從鮑叔牙所言，拜管仲為相。管仲為齊桓公出謀劃策，讓他成就了歷史上著名的「九合諸侯，一匡天下」的霸業。

【原文】

（一）

〈學而〉

子夏[1]曰：「賢賢易色[2]，事父母能竭其力[3]，事君能致其身[4]，與朋友交，言而有信，雖曰未學，吾必謂之學矣。」

（二）

〈學而〉

曾子[5]曰：「吾日三省[6]吾身，為人謀而不忠乎？與朋友交而不信乎？傳[7]不習乎？」

（三）

〈子路〉

子路問曰：「何如斯可謂之士矣？」子曰：「切切偲偲[8]，怡怡[9]如也，可謂士矣。朋友切切偲偲，兄弟怡怡。」

---

① **子夏**：姓卜，名商，字子夏，晉國人，孔門「十哲」之一。

② **賢賢**：第一個「賢」字，是動詞，作「尊重」講。第二個「賢」字，是名詞，指「賢者」。**易**：有兩解，一作「改易」，變換或代替的意思；另一作「輕易」，不重視的意思。**色**：有兩解，其一，作「女色」講；其二，作「顏色」講。

③ **事**：是「侍奉、服侍」的意思。**竭**：是「盡」的意思。

④ **致**：奉獻。**身**：自己、自身。

⑤ **曾子**：姓曾，名參，字子輿，魯國人，孔子最重要的學生之一，以孝聞名。

⑥ **三省**：「三」為虛數，泛指多次。省，反省。

⑦ **傳**：老師所傳授的知識。

⑧ **切切偲偲**：偲（粵 si1 思；普 sī）。切切偲偲，互相批評督促。

⑨ **怡怡**：和順的樣子。

【譯文】

（一）

子夏說：「重視賢德，不重女色；侍奉父母，能竭盡全力；服事君主，能無私忘我地奉獻；與朋友交往，能言而有信。這樣的人，即使他自稱未曾學習過，我也必然會認定他是有學養的人。」

（二）

曾子說：「我每日多次地自我反省——為人辦事，是否忠誠呢？和朋友交往，是否信實呢？老師傳授的知識，有否溫習過呢？」

（三）

子路問道：「怎樣才可以算做『士』呢？」孔子說：「互相批評督促，又能和睦共處，就可以叫做『士』了。朋友之間，要互相批評督促；兄弟之間，要和睦共處。」

【賞析】

本節的主題是「待人以誠」，強調朋友間的誠信。孔子一貫重視「信」，把「信」看作人立足之根本，他在《論語．為政》中說：「人而無信，不知其可也。大車無輗，小車無軏，其何以行之哉？」在這裏孔子說，無論是做人處事，抑或為政事君，「言而有信」都是必需的。就如同車子的關鍵零件，要是沒有了，車子是走不動的。因此，子夏和曾子都提出了交友重「信」的主張。由此可見，儒家主張在人與人之間建立良好關係，恪守以「信」為基礎的原則，對朋友誠實無欺，方能得到朋友對你的「信」。互信的基礎建立了，友情才能穩定發展，大家才能和諧共處。曾子所言，與《論語．學而》首章相通。「傳不習乎」呼應「學而時習之」;「與朋友交而不信乎」呼應「有朋自遠方來」;「吾日三省吾身」，反躬己身，呼應「人不知而不慍，不亦君子乎」。

然而，值得注意的是，待友以誠，和睦共處，並不意味着和顏悅色地討好對方，那是「善柔」「令色」等小人的行徑；而「士」要互相批評督促。如果發現朋友有做得不對、說得不對的地方，要批評他，讓他知道自己的錯處何在，並且要督促他改正。如果自己有做得不對、說得不對的地方，我們要接受朋友的批評與督促，改正過來。如此一來，雙方便能一起進步。可是，如果批評太多、太尖銳，督促太嚴，可能會令人不快，以致傷感情。因此孔子提出，在批評與督促的同時，也要和睦共處，免得有傷和氣。

【想一想】

（1）你有好朋友嗎？你是如何與朋友相處的呢？孔子的教導對你交友有甚麼啟發？

（2）現在人們常說朋友之間要「講義氣」。你認為與朋友相處怎樣做才符合「義」呢？談談你的體會。

【知識小學堂】

齊桓公「九合諸侯，一匡天下」的霸業是怎樣的？

答：齊桓公拜管仲為相，整頓軍政要務，振興經濟，使齊國國力大幅提升。鑑於當時天下諸侯國飽受戎狄侵擾之苦，桓公高舉「尊王攘夷」的旗號，討伐山戎，尊奉周室，獲中原諸侯擁戴及周天子賞賜，成為了諸侯盟主。

第四節 見賢思齊

【小故事】

祖逖與劉琨，年輕時俱已胸懷大志，一心報效國家。為了達成夙願，祖逖和劉琨積極裝備自己，博覽群書，關心時事，鍛煉武藝。白天時，他倆常常一起研讀經史，切磋學問，交流學習心得；夜裏，縱談國事，分析天下時勢；累了，就同被共寢。天未亮，祖逖和劉琨便起床，一起到庭院中舞劍，強身健體，以備將來為國出力之用。如是者，他倆日後都成了文武雙全的人才。

「永嘉之亂」後，祖逖遷徙到江南，其時北方大片土地已被匈奴、羯、鮮卑、羌、氐等胡人佔據。他向瑯琊王司馬睿請命，帶領部曲百餘家渡江北伐。祖逖曾在長江中流擊楫，發誓定要收復中原，否則終身不再渡過長江。劉琨聽說祖逖被朝廷任用，在寫給親友的信中說：「我每日枕戈待旦，立志破虜殺敵，常恐祖逖先我一步。」雖然祖逖和劉琨最終都未能收復中原，但是他們互相勉勵、共同奮鬥成材的故事，被後世傳為佳話。

【原文】

〈季氏〉

子曰:「益者三樂[1],損者三樂。樂節禮樂[2],樂道人之善,樂多賢友,益矣。樂驕樂[3],樂佚遊[4],樂宴樂[5],損矣。」

---

① **三樂**:三種快樂。

② **節禮樂**:言談舉止都合乎禮樂的節度。

③ **樂驕樂**:以驕奢放蕩、不知節制為樂。

④ **樂佚遊**:以遊玩無度為樂。佚,通「逸」,過度;也可解作放浪。

⑤ **樂宴樂**:以大吃大喝為樂。宴,飲宴。

【譯文】

孔子說：「有益的快樂有三種，有害的快樂也有三種。以言行受禮樂節度為樂，以稱道他人的好處為樂，以多結交賢良的朋友為樂，這些都是有益的。以驕奢放蕩為樂，以遊玩無度為樂，以大吃大喝為樂，這些都是有害的。」

【賞析】

在這一節中，我們來談談交友之樂。本節所引篇章，在《論語》中被放在「益者三友，損者三友」一章之後（詳見本章第二節），無論用語和句子結構，都是大同小異的。從文意來看，本篇章亦是順着上一章的意思進一步發揮。先說「益者三樂」：「樂節禮樂，樂道人之善，樂多賢友，益矣。」「禮樂」是待人接物的規範，和朋友交往，以合乎「禮樂」的節度相處，「節禮樂」才恰當。「道人之善」是美德，有很多益處。它對當事人是一種激勵，又可使他得到應有的美名，也可使自己和聞者生起見賢思齊的心，奮發向上。因此，這也是「待友之道」，對我們自身也有用。「樂多賢友」，本章各節均已談及，於此不必詳說了。

至於「損者三樂」：「樂驕樂，樂佚遊，樂宴樂」，和交友同樣大有關係。驕奢放蕩、遊玩無度、大吃大喝等行為，通常都和一班朋友一起做的。可是，孔子提醒我們，從這些行為所得來的快樂，都是於身心有損的。驕奢放蕩，敗壞人的品行；遊玩無度，使人無心進德修業，也會樂極生悲；大吃大喝，讓人養成揮霍的壞習慣，且也對身體健康有害。和我們一起做這些行為取樂的，是酒肉朋友、損友，不宜經常來往。

總括而言，結交好友是有價值的，如果結交的是有仁德的士人，大家一起切磋學問，培養品德，互相批評督促，共勉騈進，以實踐仁德為目標，這就合乎本章所講述的交友之道了。

【想一想】

（1）你和朋友一起時通常做些甚麼居多？是「益者三樂」多？還是「損者三樂」多？試和朋友一起檢討。

（2）你身邊有沒有和你一同切磋學問、培養品德、互相批評督促的朋友？你有沒有主動結交和親近這些朋友？

【知識小學堂】

你知道「聞雞起舞」一詞的典故嗎？

答：這個典故出自祖逖和劉琨的事跡。話說他們年輕時常常在一起，有次兩人在荒郊中如常地一塊兒睡覺，夜深時，祖逖聽到雞鳴，便把劉琨踢醒，邀他一同起身練劍，劉琨欣然同意。後人用這個成語比喻及時奮起行動。

【強化訓練】

一、 選擇題

（1） 曾子說君子以甚麼會友？

A. 學　　B. 義

C. 禮　　D. 文

（2） 第一課「賞析」中提到古時多對好朋友，但不包括下列哪一對？

A. 莊子與惠施　　B. 李白與杜甫

C. 元稹與白居易　　D. 柳宗元與劉禹錫

（3） 孔子說益友有三種，以下哪一項不是孔子提到的？

A. 諒　　B. 直

C. 多聞　　D. 志堅

（4） 孔子說損友有三種，以下哪一項不是孔子提到的？

A. 便辟　　B. 惡舌

C. 便佞　　D. 善柔

（5） 孔子提到有幾種行為是左丘明和他都認為是可恥的，以下哪一項不是孔子提到的？

A. 多詐　　B. 足恭

C. 令色　　D. 巧言

（6） 據第二節「賞析」所言，結交了益友對提升自己有很大幫助，以下哪一項不是文中提到的益處？

A. 提升器量　　B. 提升學問

C. 提升人品　　D. 提升勇氣

（7） 「賢賢易色……」這句話出自孔子哪個學生？

A. 子貢　　B. 子夏

C. 子張　　D. 子路

（8）「吾日三省吾身⋯⋯」這句話出自孔子哪個學生？

A. 顏回　　B. 冉有

C. 有子　　D. 曾子

（9）孔子說：「益者三樂⋯⋯」請問以下哪一項不是孔子所說的「益者三樂」之一？

A. 樂多賢友　　B. 樂濟貧

C. 樂節禮樂　　D. 樂道人之善

（10）孔子說：「損者三樂⋯⋯」請問以下哪一項不是孔子所說的「損者三樂」之一？

A. 樂佚遊　　B. 樂宴樂

C. 樂邀譽　　D. 樂驕樂

二、字詞解釋／語譯

（1）「吾日三省吾身」這句話是甚麼意思？

____

（2）第三課所選的第一個篇章：「賢賢易色⋯⋯」前一個「賢」字作何解？

____

（3）「事君能致其身」中的「致」是甚麼意思？

____

三、問答題

（1）第三節所選的第二個篇章：「吾日三省吾身⋯⋯」，請舉出「三省吾身」所說的其中一個事項。

____

____

第九章

弟子三千

第一節 富者子貢

【小故事】

范蠡出身寒微，獲越王勾踐賞識，引為心腹，輔佐勾踐二十餘年，出謀劃策，貢獻良多，曾和勾踐一同到吳國為奴，並最終助其稱霸天下。然而，范蠡看出勾踐為人，可以共患難而不可共富貴，乃急流勇退，輾轉到了齊國，隱姓埋名。因經商有道，不久便成功致富。齊君知他有大才，想請他為相國。可是范蠡認為自己居家做富商，入朝做卿相，作為出身布衣的人，已是富貴至極。於是他歸還相印，遷居到「陶」（位於今山東省）。那兒位居天下交通樞紐，貿易興旺。范蠡做生意眼光獨到，低買高賣，每次貨物轉手都能大賺一筆，人們尊稱他為「陶朱公」。司馬遷《史記·貨殖列傳》把范蠡列為第一，排第二的則是本節的主角——子貢。他們的致富之道，對於現今商業社會，也相當有參考價值。

【原文】

（一）

〈公冶長〉

子貢問曰：「賜也何如？」子曰：「女[1]，器也。」曰：「何器也？」曰：「瑚璉[2]也。」

（二）

〈顏淵〉

棘子成[3]曰：「君子質而已矣，何以文為？」子貢曰：「惜乎！夫子之說君子也。駟不及舌。文猶質也，質猶文也。虎豹之鞟[4]，猶犬羊之鞟。」

（三）

〈憲問〉

子貢方人[5]。子曰：「賜也賢乎哉？夫我則不暇。」

---

① **女**：同「汝」，你，這裏指子貢。

② **瑚璉**：瑚璉（粵 wu4 胡 lin5 輦；普 hú lián），宗廟裏盛黍稷的禮器，相當貴重。

③ **棘子成**：衛國大夫。

④ **鞟**：即「鞹」（粵 kwok3 廓；普 kuò），拔去了毛的獸皮。

⑤ **方人**：方，有兩解，一作「比方」，指比較人；一通「謗」，指言人之過惡。方人，即譏評別人。

【譯文】

（一）

子貢問孔子：「我是一個怎樣的人？」孔子道：「你是個器皿。」子貢又問：「是甚麼器皿呢？」孔子說：「宗廟裏盛黍稷的禮器。」

（二）

棘子成說：「君子有好本質就可以了，何必要有文飾呢？」子貢說：「可惜啊，您竟這樣解說君子。一言既出，駟馬難追。文飾和本質同樣重要。要是把虎豹皮的毛與犬羊皮的毛都拔去，兩者便差不多了。」

（三）

子貢譏評別人。孔子說：「子貢啊，你很賢能吧？我可沒這閒工夫。」

【賞析】

孔子曾公開地說子貢善言語，又稱他擅長經商。當子貢請孔子評價他時，孔子說：「你像宗廟裏盛黍稷的禮器。」孔子擅長觀人，對學生尤為了解，他看出子貢像一塊寶玉，經過琢磨，他日必成大器。子貢沒有讓孔子失望，他在言語、外交、經商、治國，都有卓越成就。人才難得，而才德兼備者，更是難能可貴。子貢對怎樣才是君子也有深入體會。因此，當子貢回答棘子成問君子為何需要有「文」時，他能指出「文」的重要性——要是光有「質」，沒有「文」，那君子與沒教養的人有何分別呢？因此，君子要有禮文修養，所謂「文質彬彬，然後君子」（《論語．雍也》）。子貢事業有成，又有修養，堪為君子的典範。

以上所說的都是子貢的優點，那麼，他是不是沒有缺點呢？當然不是，孔子指出子貢好譏評人。子貢聰明而善於辭令，這種人容易犯自作聰明與多言的毛病。他不時論斷別人，孔子針對其毛病，教他應反求諸己，不要妄議別人。

總結而言，孔子把子貢比作器皿，而瑚璉是宗廟中貴重的禮器，當是盛讚之意。孔子對子貢的評價是中肯而正面的。

【想一想】

（1）子貢是「儒商」的典範，「德」「財」兼備。反觀現在的中國，雖然工商業發展迅速，卻湧現了很多不法商人，其中尤以劣質食品為害特大。你認為中國傳統的「儒商」觀念，在現代社會是否還有參考價值？

（2）現今香港、中國內地、乃至全世界，都有很多成功的富商，當中有沒有一位是你特別欣賞的？如有，試與同學們分享他的故事和成功之道。

【知識小學堂】

子貢為人慷慨，請問他有甚麼仗義疏財的事跡？

答：春秋末時，魯國有一條法令，凡是魯國人在別國淪為奴隸，只要有人把他們贖回，贖人者便可到魯國政府領賞金。子貢有次在別國贖回魯國人，但沒有向魯國政府領賞金。孔子得知後，批評子貢做得不對。他認為子貢這樣做開了個壞先例，要是贖人者不領賞金，恐怕此後便沒有人去贖魯國人了。

第二節 仁者顏回

【小故事】

顏斶，戰國時齊國人，學問與道德俱佳。齊宣王慕其美名，召他到宮中相見。宣王對顏斶說：「您收我為徒吧。與我結交，榮華富貴享之不盡，每餐有酒有肉，出門有馬車坐，妻兒衣着光鮮。」顏斶回答說：「啟稟大王，其實我現在已經很富貴了，不但每餐有酒有肉，出門也有馬車坐呢！」宣王不相信。顏斶說：「玉石生在山間，經過雕琢後，不是不寶貴，但本性便會受到破壞了；士人生在草野，得到官祿後，不是不尊貴，但本性便會喪失了。因此，我情願回家去，晚點吃飯權當吃肉；安穩地走路權當乘車；免於刑罰權當顯貴；清靜守節以自得其樂。」顏斶說罷，就拜別齊王回家，過着簡樸的生活。其安貧樂道的高風亮節，與「一簞食，一瓢飲，在陋巷，人不堪其憂，回也不改其樂」(《論語・雍也》) 的顏回，可謂前後輝映。

【原文】

（一）

〈雍也〉

哀公[1]問:「弟子孰為好[2]學？」孔子對曰:「有顏回者好學，不遷[3]怒，不貳過[4]。不幸短命死矣！今也則亡，未聞好學者也。」

（二）

〈雍也〉

子曰:「回也，其心三月不違仁[5]，其餘則日月至焉[6]而已矣。」

① **哀公**：魯哀公，魯國國君。

② **好**：好（粵 hou3 耗；普 hào），喜好，愛好。

③ **遷**：轉移。

④ **不貳過**：不重複犯同一個過錯。貳，重複。過，過錯。

⑤ **三**：虛數，三月指長時間。**違**：違背，離開。

⑥ **其餘**：其他學生。**日月至焉**：日，一天。月，一個月。至，達到（仁）。

【譯文】

（一）

魯哀公問：「您的學生中誰可算是好學的？」孔子回答說：「有個叫顏回的好學，他不會把憤怒轉移到別人身上，也不會重複犯同一過錯。不幸短命死了！現在沒有聽說過哪個學生是好學的了。」

（二）

孔子說：「顏回啊，他的心可長期不違背『仁』；其他弟子，不過偶爾短期保持『仁』而已。」

【賞析】

顏回，魯國人，字子淵，是孔門「十哲」之首。他是孔子最得意的弟子。孔子曾說：「自吾有回，門人益親」（《史記·仲尼弟子列傳》），意即有了顏回這個學生後，同學們越來越親近和睦。故在顏回逝世時，孔子哭得最傷心，大歎「天喪予！天喪予！」

孔子稱許顏回「好學」，而「學」是《論語》的中心。魯哀公問孔子哪個弟子好學，孔子答只有顏回一個，並說顏回「不遷怒，不貳過」，以為顏回「好學」的主因。「不會把憤怒轉移到別人身上，也不會重複犯同一過錯」，這意味着顏回情商高，能控制自己的憤怒情緒，有過必改，是一個能戰勝自己的人。先知穆罕默德曾說：「所謂強者，指的並非角力好手，而是憤怒時能控制自己的人。」老子也說：「勝人者有力，自勝者強。」顏回雖是溫文爾雅的儒生，卻堪稱不折不扣的強者。

孔子又讚美顏回不違背「仁」，可達數月之久。在《孔子家語·七十二弟子解》中也記載了「回之德行著名，孔子稱其『仁』焉」。為何孔子其他學生僅能偶爾做到「仁」，而唯獨顏回的「仁」境界那麼高，持續那麼久呢？這是因為顏回能做到孔子教他的「四勿」:「非禮勿視，非禮勿聽，非禮勿言，非禮勿動」(《論語·顏淵》)。從這四方面入手，在言行上約束自己，使之遵循「禮」的規範，進而內化為心中的「仁」。正因為顏回真的做到孔子教導的「克己復禮為仁」，後世尊稱他為「復聖」。

【想一想】

(1) 孔子讚美顏回「不遷怒」。你生氣的時候會怎樣處理自己的情緒？會遷怒他人嗎？

(2) 孔子讚美顏回「不貳過」。你發現自己犯了過錯，會怎樣做？會重複犯錯嗎？

【知識小學堂】

齊宣王和顏斶會面時，情況是怎樣的？

答：齊宣王初召顏斶入宮見面，顏斶離遠見到宣王，只是站着，並不上前敬禮。宣王命顏斶說:「顏斶，上前來！」顏斶仍是站着不動，並回答說:「大王，上前來！」宣王左右的臣子說:「大王是君，你是臣，大王可命令你上前，你怎能反而命令大王上前呢！」顏斶回答說：「我上前，是趨炎附勢；大王上前，是禮賢下士。與其讓我趨炎附勢，不如讓大王禮賢下士吧！」宣王為顏斶的氣度所折服，於是便想拜他為師了。

第三節 孝者曾參

【小故事】

劉備三顧茅廬，得見諸葛亮。諸葛亮向他提出著名的「隆中對」，教他奪取荊州和益州作根據地，聯結孫權，對抗曹操。其後更促成孫劉聯盟，在赤壁之戰中大敗曹軍。劉備晚年時，為報關羽被孫權所殺之仇，不聽諸葛亮和群臣勸諫，執意興兵討伐孫吳，結果以大敗告終。劉備病重，把諸葛亮召到白帝城，臨終向其託孤。諸葛亮輔佐劉禪，執掌軍政大權。他平定了南方叛亂，又五次率軍北伐曹魏，可惜均未能取得成功，在第五次北伐時於五丈原病逝。諸葛亮處理軍政要務，親力親為，小心從事，從不馬虎苟且，把蜀漢治理得井井有條，不負劉備臨終所託，堪稱曾子理想中的「君子」和「士」。

【原文】

（一）

〈泰伯〉

曾子曰：「可以託六尺之孤[1]，可以寄百里之命[2]，臨大節而不可奪[3]也。君子人與[4]？君子人也。」

（二）

〈泰伯〉

曾子曰：「士不可以不弘毅[5]，任重而道遠。仁以為己任，不亦重乎？死而後已，不亦遠乎？」

（三）

〈泰伯〉

曾子有疾，召門弟子曰：「啟予[6]足！啟予手！《詩》云：『戰戰兢兢，如臨深淵，如履[7]薄冰。』而今而後，吾知免夫！小子！」

---

① **託六尺之孤**：六尺指小孩。託孤，受君主臨終前所託，輔佐幼君。

② **寄百里之命**：寄，寄託、委託。百里，指諸侯國。百里之命，指國家政權。

③ **大節**：國家安危存亡的大事。**奪**：動搖、改變。

④ **與**：同「歟」，語氣助詞，表達疑問或感歎。

⑤ **弘毅**：弘，大；毅，剛強而有毅力。

⑥ **啟予**：啟，看視。予，即「我」。

⑦ **履**：踐踏，踩在上面行走。

【譯文】

（一）

曾子說：「可以把幼小的孤兒託付給他，可以把國家的大權委任給他，在緊要關頭也不動搖，這種人是君子嗎？是君子啊！」

（二）

曾子說：「士人不可以不弘大剛毅，因為他責任重大而道路遙遠。把實現『仁』當作自己的責任，負擔不重大嗎？至死方休，道路不遙遠嗎？」

（三）

曾子病重，把一眾弟子召來，對他們說：「看看我的腳！看看我的手！《詩經》上說：『小心謹慎呀！如臨深淵之旁，如踏薄冰之上。』從今以後，我知道可以免於損傷了！弟子們啊！」

【賞析】

在孔門弟子中，曾子以「孝」聞名。他不僅據傳為《孝經》的作者，其「齧指痛心」的事跡更被編入了「二十四孝」中，為後人所稱頌。這一節講曾子對生死大事的看法。

曾子指出君子須「才」「德」兼備，更要能承擔重任，不怕艱難，堅定不移。既有「才」與「德」，便應肩負起士人實現「仁」的責任。不止自己要實行「仁」，更要使「仁」行於天下。這個使命，貫穿士人的一生，要到死才完成，確是任重道遠啊！若果真的能做到，且做到圓滿，便可不愧為「君子」和「士」了。

曾子病重時把一眾弟子召來，叫他們看其手腳。《孝經》上說：「身體髮膚，受諸父母，不敢毀傷，孝之始也。」曾子的意思，是要弟子們看到，他的手腳沒有因冒險而造成的損傷，也沒有因刑罰而遺下的傷痕。他引用《詩經．小雅．小旻》的三句詩，說明自己一生都小心謹慎，「戰戰兢兢」，誠惶誠恐地避免犯錯，「死而後已」。在《論語．學而》中，曾子說：「吾日三省吾身。為人謀而不忠乎？與朋友交而不信乎？傳不習乎？」時時警惕，天天反省，避免犯錯，有錯即改，正是曾子一生奉行的準則。曾子雖被認為資質魯鈍，但他用功勤奮，事父至孝，頗得孔門真傳。他一生上承孔子，下啟思孟（子思、孟子），被後世尊為「宗聖」。

【想一想】

（1）曾子時時警惕，天天「三省吾身」，唯恐行差踏錯。你在日常生活中，有沒有時刻提高警覺，避免犯錯？有沒有反省自己一言一行的習慣？

（2）曾子以實現「仁」為自己畢生的責任。你有沒有實現崇高價值的使命感？

【知識小學堂】

《韓非子》中，記載了一則「曾子殺豬」的故事，你知道這則故事的內容嗎？

答：曾子的妻子要去市場，兒子卻哭哭啼啼地要跟着去，曾妻只好哄哄他說：「你在家等我，我回來殺豬做菜給你吃。」曾妻回來，見曾子正在捉豬，她說：「我哄哄他而已，你怎麼當真呢？」曾子說：「做父母的不可對孩子開玩笑。孩子年幼，只懂得模仿父母。現在你欺騙他，便是教他將來學你一樣去欺騙人。做母親的欺騙孩子，孩子將來便不再相信母親了，這不是教育孩子的正確方法啊！」於是，曾子殺了那頭豬，煮了肉給孩子吃。

第四節 勇者子路

【小故事】

魏徵是中國歷史上最為著名的諫臣。有一次，唐太宗下令徵召十八歲以上未服過役的精壯男子當兵，遭魏徵反對。唐太宗問他：「你為甚麼反對？」魏徵回答：「臣身為諫議大夫，職責所在，須向陛下指出，這項命令違反治國之道。我朝開國後作過『男子二十歲當兵，六十歲可免』的規定，怎能輕易更改呢？」唐太宗氣憤地說：「你太固執了！」魏徵不卑不亢地說：「陛下！放光河水來捕魚，固然能一下子捕到許多魚，但明年就沒有漁獲了；燒掉森林來打獵，固然能一下子獵到許多野獸，但明年就沒有獵物了。要是把精壯男子都徵召去當兵，之後的稅賦徭役，由誰供給呢？」唐太宗這才醒悟，收回成命。

子路像魏徵一樣，直言不諱。在孔門中，敢於公然與老師唱反調、提出質詢的學生，並不多見。因此，子路在《論語》中個性特別突出，形象特別鮮明。

【原文】

（一）

〈憲問〉

子路問事君。子曰：「勿欺也，而犯之[1]。」

（二）

〈陽貨〉

子路曰：「君子尚勇乎？」子曰：「君子義以為上。君子有勇而無義為亂，小人有勇而無義為盜。」

（三）

〈述而〉

子謂顏淵曰：「用之則行，舍之則藏，唯我與爾有是夫！」子路曰：「子行三軍，則誰與？」子曰：「暴虎[2]馮河[3]，死而無悔者，吾不與也。必也臨事而懼，好謀而成者也。」

① **犯之**：對君主犯顏直諫。

② **暴虎**：空手搏虎。

③ **馮河**：馮，同「憑」。馮河，徒步渡河。

【譯文】

（一）

子路問怎樣服事君主。孔子說：「不可欺騙他，（有必要時）可犯顏直諫。」

（二）

子路問：「君子崇尚『勇』嗎？」孔子說：「君子認為『義』是最高尚的。君子有『勇』而無『義』，就會作亂事；小人有『勇』而無『義』，就會作盜賊。」

（三）

孔子對顏淵說：「有人用我，我便出來做；無人用我，我便藏起來。只有我和你才能這樣吧！」子路說：「若你統領軍隊，會和誰共事？」孔子說：「空手搏虎，徒步渡河，到死也不後悔的人，我不會和他共事。和我共事的，一定要是臨事而恐懼謹慎，善用謀略而成事的人。」

【賞析】

子路性格剛直，他不像顏回那樣，對於孔子之言總是信服；相反，如子路認為孔子的言行難以理解，或有不妥當之處，往往會直率地向孔子提出質疑，甚或予以批駁。子路這樣的個性，孔子當然十分了解，所以當子路問怎樣服事君主時，孔子答他：「不可欺騙君主，（有必要時）可犯顏直諫。」子路是一個正直的人，孔子告訴他，不要編造謊言來欺騙君主，必要時可犯顏直諫。孔子因應子路敢言的個性，讓子路在服事君主時能發揮他的優點，對子路而言是一種鼓勵。

孔子欣賞子路，也會適時教導他，當他問孔子：「君子崇尚『勇』嗎？」孔子趁機向他教導:「君子所崇尚的應是『義』。」心中有「義」，知道甚麼事該做，甚麼事不該做，勇敢地完成合道義的事，才是君子所為。否則，單有「勇」而沒有「義」，很易做錯事，在上為亂，在下為盜，便決非君子所為了。那麼「義」「勇」兼備，是否就足夠呢？仍是不足夠。故當子路問孔子，要是帶兵打仗，他會找誰一起共事時，孔子回答說，那些徒有血氣之勇，不顧危險的人不宜共事，要找個臨事謹慎、善用謀略的人共事。這番話，正是針對子路的弱點而說的。

【想一想】

（1）上課時，如你發現老師的講解有誤，你會怎麼做？

（2）你的親友在公共場合中當面指出你的錯誤，你會有甚麼反應？

【知識小學堂】

子路是如何成為孔子門生的？

答：子路初見孔子時，腰間佩劍，用公豬皮鞘，頭戴雄雞式帽子，一身勇士打扮。他本來對孔子很無禮，但孔子總是以禮相待，耐心地教導他。終於，子路為孔子所感化，改穿儒服，拜在他門下，成為孔門弟子。

【強化訓練】

一、 選擇題

（1） 「駟不及舌」的喻意是甚麼？

A. 馬腳不如舌頭靈巧

B. 好馬兒不會亂叫

C. 一言既出駟馬難追

D. 以上皆不是

（2） 子貢用「鞟」比喻甚麼？

A. 人的本質　　B. 學問

C. 士人的風骨　　D. 禮儀

（3） 顏回被後世尊稱為甚麼？

A. 宗聖　　B. 亞聖

C. 復聖　　D. 述聖

（4） 孔子說顏回的心能多久不違仁？

A. 三日　　B. 三月

C. 三年　　D. 以上皆不是

（5） 曾子說「士」以甚麼為己任？

A. 道　　B. 德

C. 仁　　D. 義

（6） 曾子被後世尊稱為甚麼？

A. 宗聖　　B. 亞聖

C. 復聖　　D. 述聖

（7） 孔子說「小人有勇而無義」會做甚麼？

A. 叛臣　　B. 奸商

C. 盜賊　　D. 酷吏

二、 字詞解釋／語譯

（1）「瑚璉」是甚麼？

（2）「虎豹之鞟，猶犬羊之鞟」的「鞟」是甚麼意思？

（3）「可以託六尺之孤」中的「六尺」指甚麼？

（4）「可以寄百里之命」中的「百里之命」指甚麼？

三、 問答題

（1） 孔子說顏回好學，並指出了顏回的兩個優點，請問是哪兩個優點？

（2） 孔子向顏回講述「克己復禮」時，叮囑顏回不要做四種事，試舉出其中兩項。

第十章

孔子與禮

第一節　禮崩樂壞

【小故事】

孔子的遠祖系出商朝王室，世居朝歌。後來周滅商，周成王時，周公旦主持第二次封建，封紂王庶兄微子啟於殷故地（今河南商丘），國號宋，孔子的先世遂由王室變為諸侯。傳了四代，宋緡公即位。宋緡公有兩個兒子，長子弗父何，次子鮒祀。宋緡公去世後，由其弟繼位，是為宋煬公。兄終弟及本是商代舊制，但當時已盛行父子相傳。鮒祀不服，想讓兄長弗父何繼位，便弒了煬公。但弗父何堅拒繼位，於是讓鮒祀為君，是為宋厲公；弗父何則任卿大夫。孔子屬弗父何一脈，其先世遂由諸侯變為公卿。經過了多代繁衍遷徙，孔氏一脈才輾轉到了魯國陬邑（今山東曲阜東南）定居，此即孔子的出生地。

【原文】

（一）

〈八佾〉

孔子謂季氏[1]：「八佾[2]舞於庭，是可忍也，孰不可忍也[3]？」

（二）

〈八佾〉

三家[4]者以《雍》徹[5]。子曰：「『相維辟公，天子穆穆』[6]，奚[7]取於三家之堂？」

---

① **季氏**：季平子，名季孫意如，魯國掌實權的卿大夫之一。

② **八佾**：佾（粵 jat6 逸；普 yì），意思是樂舞的行列，一佾為一隊。按周制有關祭祀樂舞的規定，天子八佾，諸侯六佾，卿大夫四佾，士兩佾。

③ **是可忍也，孰不可忍也**：「是」指季氏八佾舞於庭這件事，「孰」解作「甚麼事」，「忍」解作「容忍」。

④ **三家**：指當時魯國掌權的三家卿大夫，即孟孫、叔孫、季孫三氏。

⑤ **《雍》**：周朝天子祭祀時所唱的詩歌。**徹**：同「撤」，祭祀完成時，撤去祭品。

⑥ **相維辟公，天子穆穆**：這兩句詩出自《雍》。相，助祭；辟公，諸侯；穆穆，莊嚴肅穆的樣子。

⑦ **奚**：奚（粵 hai4 兮；普 xī）。為何、為甚麼，表示疑問的語氣。

【譯文】

（一）

孔子談及季氏時，說：「（他）在家廟祭祀的庭上用了天子專用的八行樂舞隊，要是這種事是可以容忍的話，還有甚麼事是不可容忍的呢？」

（二）

魯國孟孫、叔孫、季孫三家於家廟祭祀，撤祭品時唱《雍》這篇詩。孔子說：「『諸侯參與助祭，天子肅穆主祭』，這兩句詩，哪一句適用於三家的廟堂祭祖呢？」

【賞析】

孔子生活在春秋時代，其時雖有周天子，但周室衰微，王權無威，禮崩樂壞，諸侯各自在他們的國土發展勢力，與王者無異。諸侯的處境好不了多少，他們要面對內憂外患——外防別國入侵，內防權臣篡弒。以魯國為例，於昭公、定公在位時，朝政被三家大夫把持，他們不放魯國君主和周天子在眼內。八佾舞，本來是天子才可用的，大夫只能用四佾，但季氏公然僭禮，敗壞朝綱。孔子對於這種僭禮亂政之事一向深惡痛絕，難怪他會說：「要是這種事是可以容忍的話，還有甚麼事是不可容忍的呢？」這句話，在孔子而言，是一種憤慨；對季氏來說，是十分猛烈的批評，言下之意，是季氏將甚麼都幹得出，甚至弒君奪位也有可能，這是十分嚴厲的指控。

第二個篇章，講的仍然是僭禮之事。「相維辟公，天子穆穆」，講的是天子肅穆地主祭，諸侯來助祭。這首詩歌，只能在天子祭祀時唱，決不能用於大夫之家。魯國三家大夫，其囂張跋扈，可謂無法無天。

從以上篇章，我們可以知道孔子時的魯國確是「禮崩樂壞」，而這也是整個春秋時代天下「禮崩樂壞」的縮影。總括而言，一個社會要是沒有禮，或空有禮而人們不遵從、不受約束，便沒有秩序，變得一片混亂。每個時代都有一套價值及行為標準，如人們不遵守，上級無能，下級僭權，社會便會大亂。這是所有時代——包括現代，也適用的。

【想一想】

（1）有些人認為現代中國社會已不再奉行傳統的「禮」，也不再重視「禮」，因此也是一個「禮崩樂壞」的時代，你同意嗎？

（2）中國國家主席習近平於抗戰勝利七十週年在北京舉行閱兵後，有內地學校校長模仿習主席，要求學生穿軍服集會，舉行「閱兵」，錄影片段被放上網，惹來熱議。你認為這麼做是否「僭禮」？應否受批評？試和同學討論。

【知識小學堂】

季平子為甚麼敢公然做僭禮的事？

答：季平子本來已經權力很大，也與魯國不少卿大夫結怨。魯昭公不甘心讓季平子獨攬朝政，便聯合與季平子不和的郈氏、臧孫氏，發動內戰，出兵攻打季氏。季平子向昭公請罪，希望昭公退兵，但不成功，於是雙方交戰。叔孫氏與孟孫氏派兵支援季氏，結果昭公兵敗，被迫逃往外國，最終客死異鄉。經此一役後，季平子成為魯國實際上的最高掌權者，從此更囂張跋扈，公然做出僭越周禮、大不敬的事。

第二節　盡忠職守

【小故事】

孔子的父親，名紇，字叔梁，乃魯國大夫，治陬邑（「陬」亦作「鄹」），以英勇果敢、孔武有力而聞名於世。據《左傳》所載，魯襄公十年，晉國和魯國率軍攻打偪陽，把城圍住而未能攻下。偪陽守軍用計，主動打開城門，誘敵軍進入，然後中途把懸門放下，意圖把城內和城外的敵軍斷開，使城內的敵軍陷於無援的境地而予以殲滅或逼降。在此千鈞一髮之際，叔梁紇挺身而出，高舉雙手，憑一己之力頂住懸門，使己方的士兵得以逃出，全身而退。經此一役，叔梁紇成了舉國聞名的大力士。

叔梁紇求子心切，與顏徵在往尼丘山祈禱求子。不久，顏徵在便有喜，且順利誕下孔子。孔子是次子，加上因其父母往尼丘山祈禱而求得，故取名為「丘」，字為「仲尼」（仲指兄弟中排第二）；另一說謂孔子頭頂四周高而中間低，故取名為「丘」。

【原文】

（一）

〈八佾〉

子曰：「君子無所爭，必也射[1]乎？揖讓[2]而升，下而飲。其爭也君子。」

（二）

〈八佾〉

定公[3]問：「君使臣[4]，臣事君[5]，如之何[6]？」孔子對曰：「君使臣以禮，臣事君以忠。」

---

① **射**：即射禮。古代尚武，以射箭作為一種禮儀。

② **揖讓**：揖，拱手於胸前作禮。讓，謙讓或禮讓。

③ **定公**：魯定公，魯國君主，繼其兄昭公之位，在位十五年。

④ **君使臣**：使，使喚或役使。君使臣，即君主使喚臣下。

⑤ **臣事君**：事，動詞，服事或侍奉。臣事君，即臣下侍奉君主。

⑥ **如之何**：即「如何」，「之」為虛字。

【譯文】

（一）

孔子說：「君子不與人爭甚麼，如果說君子也有所爭的話，必定是行射禮之時吧？開始射箭前，先互相作揖，謙讓一番，然後上台；射完箭下台，按賽果舉杯對飲。這樣地爭勝負，是為君子之爭。」

（二）

魯定公問：「君主使喚臣子，臣子服事君主，各自應該怎樣做才對？」孔子答道：「君主以禮使喚臣子，臣子以忠服事君主。」

【賞析】

「禮」在文明社會，有其存在的必要，人們不可能完全離開「禮」而生活。但古人所謂的「禮」與現代人所謂的「禮」有所不同。現代人多數把「禮」解釋為「禮儀」「禮貌」等，較側重於外表與行為。然而，古人所謂的「禮」，涵蓋面廣得多，可以說一切人的活動都有「禮」來作規範。例如在中國古代，射箭並非單單是一種運動，它被視為一門高雅的藝術，是有教養的男子必備的技能，因此儒家教人學「六藝」：禮、樂、射、御、書、數，「射」居其一。儒生學射箭有不少好處，一則可以強健體魄；二則可以鍛煉心志，以增強剛勇之氣；第三，如本篇章所說，可透過射箭競賽的過程中，體現「禮」的精神，培養君子風度。未上台時，先向對方作揖，互相謙讓；射完箭下台，又是作揖謙讓；比賽結束，無論勝負，按賽果敬酒對飲，交朋友，聯絡感情。這種「爭」，與其說是與對手「爭」，不如說是與己爭，一如《中庸》所說：「射有似乎君子，失諸正鵠（即射不中目標），反求諸其身。」

第二個篇章講的是君臣相處之道，同樣離不開「禮」。魯定公問孔子：「君主使喚臣子，臣子服事君主，應該怎樣做才對？」孔子說：「君主以禮使喚臣子，臣子以忠服事君主。」孔子強調君主要守「禮」，以表對臣子的尊重。臣子有感於此，也同樣以尊重的心回報君主，把事情辦好，這便是「忠」。由此可見「禮」在古代社會中舉足輕重。

【想一想】

（1）孔子所言的「君子之爭」的風度和西方所言的「體育精神」有何異同？試分析並和同學討論。

（2）儒家「六藝」中的射箭和現代「五育」中的體育，有何異同？試從古今教育理念加以比較分析。

【知識小學堂】

古時射箭的禮儀是怎樣的？

答：古代尚武，常以射箭作為一種禮儀，稱為「射禮」。射禮有四種：大射、賓射、燕射、鄉射。孔子在這裏所述的當是「大射」，乃天子將祭擇士的禮儀。

第三節 因時制宜

【小故事】

孔子的父親叔梁紇，在孔子三歲時便去世，孔子由母親顏徵在帶回曲阜娘家撫養，因此，孔子是在單親家庭成長的。由於家貧且寄人籬下，孔子很早便要工作幫補家計，他自言「吾少也賤，故多能鄙事」(《論語・子罕》)。據《孟子》所載，孔子做過會計文員和牧場管理員，且都幹得不錯。孔子十七歲時喪母，之後他只得自己照顧自己。他在忙於工作的同時，也沒有放棄學習。孔子自言在十五歲時便矢志於學習，師從過很多有學問或有專長的人，奠定了其知識基礎。正是由於孔子少年時已志於學，且終生不改，成就了他非凡的一生。

【原文】

（一）

〈八佾〉

子曰：「夏禮，吾能言之，杞不足徵也[1]；殷禮，吾能言之，宋[2]不足徵也。文獻[3]不足故也，足則吾能徵之矣。」

（二）

〈為政〉

子張[4]問：「十世[5]可知也？」子曰：「殷因[6]於夏禮，所損益[7]，可知也；周因於殷禮，所損益，可知也；其或繼周者，雖百世可知也。」

（三）

〈八佾〉

子曰：「周監於二代[8]，郁郁乎文哉[9]！吾從周。」

---

① **杞**：周初封國的名稱，周滅殷後，封夏朝之後於「杞」。**徵**：取證。

② **宋**：周初封國的名稱，周第二次封建後，封殷朝之後於「宋」。

③ **文獻**：文，指典籍；獻，即「賢」，此處指懂得「禮」的人。

④ **子張**：姓顓孫，名師，字子張，「孔門十二哲」之一。

⑤ **十世**：三十年為一世，十世即三百年；一說謂十世非實數，指很長的時間。

⑥ **因**：因襲。

⑦ **損益**：損指刪減，益指增加。

⑧ **周監於二代**：監，同「鑑」，意即借鑑。二代，指夏和殷兩朝代。

⑨ **郁郁乎文哉**：郁郁，文采美盛之貌。文，指禮制儀文。

【譯文】

（一）

孔子說：「夏朝的禮，我能講，但在杞國不足以作證；殷朝的禮，我也能講，但在宋國也不足以作證。那是因為兩國都沒有足夠的相關典籍和賢才，假如足夠的話，我就能引來作證了。」

（二）

子張問：「十代以後的事（或專指禮制），可以預知嗎？」孔子說：「殷朝沿襲夏朝的禮制，所刪減的與增加的，可以得知；周朝沿襲殷朝的禮制，所刪減的與增加的，也可以得知；將來有繼周朝之後而起的王朝，其禮制雖相隔百代，也是可以得知的。」

（三）

孔子說：「周代的禮制儀文，借鑑了夏、殷兩代而後創制，文采多美盛啊！我遵從的是周代的禮制儀文。」

【賞析】

禮，在每一個時代、每一個文明社會都有，它並非一成不變的；反之，禮會不斷傳承下去。夏朝有夏朝的禮，殷朝有殷朝的禮，周朝也有周朝的禮。它們之間既有傳承，又有所發展。孔子說：「殷朝沿襲夏朝的禮制，所刪減的與增加的，可以得知；周朝沿襲殷朝的禮制，所刪減的與增加的，也可以得知。」後起的朝代保留了一部分前朝的禮制，同時也修改了一部分，有增有減，而這些增減是可以得知的。從甚麼渠道可以得知呢？從原始資料的來源，其中最主要的，是「文獻」。「文」指記載和禮有關的典籍，而「獻」指懂禮的人才。孔子畢生學禮、教禮，對禮下過很深功夫，既廣泛閱讀有關禮的典籍，又向不少人問過禮，知道的自然比別人多。

禮有變化的部分，也有不變的部分。禮的變化不是全然無序的，它的變化有其規律。孔子有長遠的歷史眼光，對禮的沿革洞若觀火。他不但看到禮演變的規律，同時也看到禮不變的部分——禮的基本精神。憑藉對禮的理解，孔子不但能推知禮制在前朝歷代的演變，還能推知禮制在往後世代的演變。在歷朝的禮制中，孔子認為周朝的禮儀借鑑了夏、殷兩朝舊制，繼承了其精粹而又有所發展，因而文采美盛，對它最為推崇。孔子以周朝禮儀的繼承者自居，要把它傳至後代，發揚光大。

【想一想】

（1）香港是中西文化薈萃地，既保留了一些中國古代傳統的禮，也引進了西方的禮，更形成了一些極富香港特色的禮，你能否辨識哪些禮的來源？試舉例並加以分析。

（2）孔子最嚮往周朝的禮，你最嚮往的是哪個地方哪個時代的禮？試和同學討論。

【知識小學堂】

童年時的孔子有沒有些特別之處？

答：童年時的孔子跟別的孩子一樣，喜歡玩耍，但跟一般孩子不同的是，孔子常常拿禮器作玩具，模仿成人進行各種禮儀，可見孔子在童年時已對禮很感興趣了。

第四節　博文約禮

【小故事】

孔子何時開始授徒講學，已不可考，最早的記載見於《左傳・昭公二十年》，其時孔子年約三十一歲。隨着孔子的門生越來越多，越來越好，孔子的賢名漸漸傳開，連貴族子弟也來就學。魯國大夫孟僖子病重時，對他的家臣說：「禮是人的骨幹，無禮無以立。我聽說過有位通達之士，名字叫孔丘，是聖人之後。我若死了，你們便叫我的兒子說（南宮敬叔）和何忌（孟懿子）到他那兒學禮吧！」是年孔子三十五歲。

【原文】

（一）

〈八佾〉

子貢[1]欲去告朔[2]之餼羊[3]。子曰：「賜也，爾愛其羊，我愛其禮。」

（二）

〈八佾〉

林放[4]問禮之本。子曰：「大哉問！禮，與其奢也，寧儉；喪，與其易[5]也，寧戚[6]。」

---

① **子貢**：姓端木，名賜，字子貢，春秋末衛國人，孔門「十哲」之一。

② **告朔**：告（粵 guk1 谷；普 gào）。朔，農曆每月初一。告朔，周天子於每年冬季把第二年曆書頒發給諸候，告知每個月的初一日。

③ **餼羊**：餼（粵 hei3 戲；普 xì），活的祭牲。餼羊，用以祭祀的活羊。

④ **林放**：魯國人，生平不詳。

⑤ **易**：歷來解釋不一。朱熹《論語集註》解作「治也」，錢穆《論語新解》解作「過度治辦」，可供參考。「過度治辦」，意即過於講求形式，虛飾。

⑥ **戚**：哀傷。

【譯文】

（一）

子貢想免去魯國每月初一為祭廟而作祭牲的活羊。孔子說：「賜呀，你愛惜的是那頭羊，而我愛惜的是那個禮。」

（二）

林放問禮的根本是甚麼。孔子說：「這問題意義重大啊！禮，與其過於奢侈，寧可儉樸些；至於喪禮，與其過於虛飾，寧可哀傷些。」

【賞析】

禮法包括外在行為與內心，兩者結合，使人合於禮而自受約束。禮先從行為開始。在第一個篇章中，我們可以得知孔子對禮的看法。據歷史所載，魯國所行的「告朔」之禮已走樣，用活羊作牲獻祭不過是裝門面的例行公事，故子貢想把作牲的活羊免去。然而孔子不同意，他說子貢愛惜那頭羊，出於仁慈的心，不忍宰殺；但禮不可廢，即使只是例行公事，也比不做好。孔子愛惜的是禮。

那麼，做足禮數，是否便足夠呢？答案是否定的。在第二個篇章中，林放問甚麼是禮的根本。孔子指出，禮的根本不在外在儀表，而在內心，過於奢侈、虛飾，乃出於造作，不真誠。反而一般的禮，不妨儉樸些，有心就好；喪禮，哀傷些，有真感情更重要。由此可見，禮須發自內心，這才是禮的根本。

做君子，空有學問是不夠的，還要言行以禮為標準，受禮的約束才行。先從遵行禮的外在形式開始，繼而使內心與禮相合，以求達至仁德，此即《論語．顏淵》所言的「克己復禮為仁」。

現今學校的教育，偏重知識的傳授，對禮和道德的熏陶並不足夠，這不是全人教育。學生學到了知識和技能，卻不受禮和道德的約束，有可能把知識和技能用於不正當的地方，害己害人。孔子提出「博學於文，約之以禮」，教人做個君子，是很有見地的。

【想一想】

（1）子貢不忍心宰那頭羊，寧可把獻羊祭廟的禮廢除，孔子卻反對這樣做。你認為誰更有道理？

（2）前些年香港曾有準新娘在網上宣稱「做人情五百元不要來」，文章在網絡瘋傳，引起熱議，有網民認同，也有網民批評。你怎麼看？試和同學討論。

【知識小學堂】

請問「告朔」這一祭禮的詳情是怎樣的？

答：周朝時，天子會於每年冬季，派人把來年的曆書頒給諸侯，書上記載了何時有閏月和每月初一是哪日，稱之為「頒告朔」。諸侯則把曆書收藏在祖廟，於每月初一用一頭活羊作祭祀。春秋時代，周天子早已不再「頒告朔」，但魯國國君乃周公之後，仍行周禮；惟到孔子時，此禮已變質，僅每月初一仍宰一頭羊敷衍而已。

【強化訓練】

一、 選擇題

（1） 據周朝禮制，大夫在家廟祭祀時該用多少佾？

A. 二佾　B. 四佾

C. 六佾　D. 八佾

（2） 當時在魯國掌權的是三家卿大夫，以下哪一家不是「三家」之一？

A. 孟孫氏　B. 叔孫氏

C. 季孫氏　D. 臧孫氏

（3） 「相維辟公，天子穆穆」這兩句詩出自《詩經》哪一首詩？

A.〈雍〉　B.〈關雎〉

C.〈淇奧〉　D.〈麟之趾〉

（4） 古時的射禮有四種，除「大射」外，以下哪種不是另外那三種射禮之一？

A. 賓射　B. 郊射

C. 燕射　D. 鄉射

（5） 定公問：「君使臣，臣事君，如之何？」孔子說：「君使臣以 ____。」

A. 法　B. 德

C. 禮　D. 以上皆不是

（6） 承上題，孔子說「臣事君以 ____。」

A. 法　B. 德

C. 禮　D. 以上皆不是

（7） 子曰：「夏禮，吾能言之，____ 不足徵也。」

A. 秦　B. 晉

C. 杞　D. 以上皆不是

（8） 子曰：「殷禮，吾能言之，＿＿不足徵也。」

A. 宋　B. 齊

C. 楚　D. 以上皆不是

（9） 孔子說，繼周而起的朝代，其禮制雖多少世也可知？

A. 千世　B. 百世

C. 十世　D. 三世

（10） 子曰：「禮，與其奢也，寧＿＿。」

A. 簡　B. 豪

C. 美　D. 儉

二、 字詞解釋／語譯

（1） 「八佾舞於庭」中的「八佾」指甚麼？

＿＿＿＿＿＿＿＿＿＿＿＿＿＿＿＿＿＿＿＿

（2） 「相維辟公，天子穆穆」這兩句詩是甚麼意思？

＿＿＿＿＿＿＿＿＿＿＿＿＿＿＿＿＿＿＿＿

（3） 「告朔」中的「朔」是農曆每月哪一日？

＿＿＿＿＿＿＿＿＿＿＿＿＿＿＿＿＿＿＿＿

（4） 「餼羊」中的「餼」作何解？

＿＿＿＿＿＿＿＿＿＿＿＿＿＿＿＿＿＿＿＿

（5） 子曰：「喪，與其易也，寧戚。」其中「戚」是甚麼意思？

＿＿＿＿＿＿＿＿＿＿＿＿＿＿＿＿＿＿＿＿

三、 問答題

（1） 孔子說夏、殷兩朝的禮，他能講述，但在該兩朝後人所在之國卻不足以作證，為甚麼呢？

____

____

（2） 為甚麼孔子特別讚賞周朝的禮？

____

____

第十一章

孔子喜歡做官嗎？

第一節 學優則仕

【小故事】

孔子三十多歲時，魯國君主昭公在位，但昭公勢弱，政權被孟孫氏、叔孫氏、季孫氏三家把持，其中尤以季平子勢力最大，也最囂張跋扈，全然不放魯昭公和周天子在眼內。後來昭公忍無可忍，聯合朝中不滿季平子的臣子討伐季孫氏，叔孫氏和孟孫氏支援季孫氏，昭公兵敗，逃往齊國。魯國大亂，孔子隨着前往齊國。孔子在齊國獲國君景公禮遇，景公曾向孔子問為政管治的道理，孔子回答說：「君君、臣臣、父父、子子。」意即要做到舉國上下，每個人都恪守自己的本份，合乎禮義。齊景公深表贊同，說：「善哉！信如君不君、臣不臣、父不父、子不子，雖有粟，吾得而食諸？」意即假如各人不守本份，在上位為政者雖然有食物，也不能安然進食了。齊景公本來曾有意請孔子為大夫，幫忙執政，連俸祿多少也具體談了；可是齊國其他大臣擔心孔子能力太高，大力反對，齊景公又改變主意，推說自己老了，不能用孔子。孔子只得離開。

【原文】

（一）

〈泰伯〉

子曰：「三年學，不至於穀[1]，不易得[2]也。」

（二）

〈子張〉

子夏曰：「仕而優則學[3]，學而優則仕。」

---

① **至**：心念所至，想着的意思。**穀**：古時以穀米作俸祿，此處指做官受祿。

② **不易得**：有兩解，一解謂「三年學，不至於穀」這樣的事難得，另一解謂這樣的人難得，兩者皆可通。

③ **仕**：出仕當官。**優**：有餘力。

【譯文】

（一）

孔子說：「學習了三年，仍沒有謀求官職、享用俸祿的想法，這樣的人是難得的。」

（二）

子夏說：「做官而有餘力的話，則應該去學習；學習而有餘力的話，則應該去做官。」

【賞析】

眾所周知，孔子一向有志於做官，也鼓勵其弟子入政途。但孔子做官的心態，背後有和別人不同的大抱負，他希望藉着「為政」，在上位，更有效地教化人民，讓他心中的道大行於天下。孔子希望行的道，就是《大學》之道：「在明明德，在親民，在止於至善」，是所謂的「三綱」；「格物、致知、誠意、正心、修身、齊家、治國、平天下」，是所謂的「八目」。這「三綱」和「八目」可總括為「內聖」「外王」的功夫。「內聖」功夫，始於「學而時習之」的學習，重點不在書本知識，而在學做人，做君子。然而，孔子弟子三千，很多人都沒有這抱負，只希望跟孔子學一點禮樂的知識，以此找工作，為官賺取俸祿而已。所以孔子慨歎：「學習了三年，仍沒有謀求官職的想法，這樣的人是難得的。」

子夏說：「學而優則仕。」所講的「學」是「君子之學」，非「應試之學」。做了官，也要「仕而優則學」，用時下的講法，就是學無止境，要不斷進修，自我增值，終身學習。孔子提倡的學習，是學做人，做個有仁德的君子，然後在社會中進行教化的工作，包括做官為政。然而，世人大多不解此義，他們想學的只是書本知識，尤其專注於考試範圍的知識，希望學有所成，拿到學位，以圖一份好差事，享有高薪厚職。讀書人心中只有功名利祿，迷失了聖賢的本旨，十分可惜。

【想一想】

（1）你希望讀大學嗎？如有機會，你會選哪一科？你打算從事甚麼行業？試和同學分享和討論。

（2）你求學所為的是甚麼？是希望考取好成績，拿學位，謀求一份好工作？還是為了進德修業，尋求真理，更好地服務社會？

【知識小學堂】

魯昭公兵敗逃到齊國的詳情是怎樣的？

答：魯昭公，姬姓，名裯（或作稠、袑），魯襄公之子，魯國第二十四位國君。在位期間，季氏和郈氏與臧氏不和，昭公助後二者討伐季氏。季氏求饒不果，遂聯合叔孫氏和孟孫氏，攻擊昭公。昭公不敵，逃亡到齊國。後來嫌齊景公對其禮遇不周，轉投晉國，最終於晉國的乾侯去世，終年五十一歲。

第二節　允文允武

【小故事】

孔子自齊返魯，其時季桓子年幼，實權落在季孫氏的家臣陽貨手中。孔子在陽貨掌權的時候，始終沒有出仕。陽貨垮台後，以季孫氏為首的三家起用孔子為中都宰，一年間升為司空，再由司空升為大司寇。孔子任內最重要的事是「墮三都」——拆毀叔孫氏的郈邑、季孫氏的費邑、孟孫氏的郕邑。三家有感於家臣盤踞城邑，擁兵自重，有潛在威脅，起初都同意墮都。郈邑、費邑先後被拆。然而孟懿子拒絕拆毀郕邑，雖由魯定公親征，亦不能攻克郕邑，遂使「墮三都」功敗垂成。齊景公因懼怕魯國重用孔子而大治，把一班能歌善舞的美女獻給魯國。魯定公及季桓子接納了後，一連三日不上朝，又不把郊祭的燔肉分派給孔子，孔子十分失望，於是離開了魯國，展開了長達十四年的「周遊列國」。

【原文】

（一）

〈子路〉

子曰：「善人教民七年，亦可以即[1]戎[2]矣。」

（二）

〈子路〉

子曰：「以不教[3]民戰，是謂棄之。」

① **即**：相當於「即位」的「即」，解作「就」，到那兒去。

② **戎**：兵戎，指軍事。

③ **不教**：指未受過軍事訓練。

【譯文】

（一）

孔子說：「善人教導人民七年，也就可以讓他們上戰場了。」

（二）

孔子說：「把未受過軍事訓練的人民送上戰場，可說是拋棄他們了。」

【賞析】

一般人對孔子的印象，似乎是偏向溫柔儒雅、文質彬彬的樣子。其實孔子並非文弱書生，他擅長射箭與駕駛馬車，文武雙全。反映到政治上，孔子也不是只懂文治、禮治、德治的，軍事、刑法、外交、財政，孔子都通曉。本節僅談軍事。

孔子回答子貢問如何治國時，曾說：「足食，足兵，民信之矣。」（《論語・顏淵》）軍備充足是治理國家的根本大事，這個道理孔子當然知道。政治和軍事並非兩個各自獨立的範疇，兩者互為工具，互相依存，這點在亂世中尤其明顯。孔子生活在春秋末年，那時戰亂頻仍，強國侵略弱國，大國之間也不時兵戎相見。要是一個國家沒有足夠軍備的話，便不足以守衛疆土和保護人民。誠如毛澤東在《論持久戰》中所說：「政治是不流血的戰爭，戰爭是流血的政治。」

有軍備，自然要有士兵，而士兵當然來自人民。孔子說：「善人教導人民七年，也可以讓他們上戰場了。」孔子在此處強調教育人民的須是善人才可，為甚麼呢？這是因為善人有道德，他們以道德教導人民，培養人民的忠義之心，人民便會明白報效國家的責任，在沙場上奮勇作戰。因此，民心才是士氣之本。

除了民心和士氣，孔子認為士兵必須懂得如何運用兵器、進退攻防等軍事知識。因此孔子說：「把未受過軍事訓練的人民送上戰場，可說是拋棄他們了。」戰場是決一生死的地方，不是你死便是我亡，刀下決不留情。派不懂軍事的人民出戰，無異於送羊入虎口，這絕非仁君所為。唯有兵器、將士、民心、士氣、作戰能力俱備，國防才穩固。

【想一想】

（1）有些人認為青少年參與軍事體驗營，可以訓練紀律、鍛煉意志、強身健體。你有興趣參加嗎？你認為有何益處？

（2）香港的防務由駐港解放軍負責。你有沒有接觸過他們？你對他們的印象如何？

【知識小學堂】

孔子仕魯期間，除了「墮三都」以外，還有甚麼大事？

答：另一重大事件是齊魯「夾谷之會」。齊景公本欲在夾谷之會中以武力脅逼魯定公，但孔子有先見之明，出發前已提出「有文事者必有武備」，請魯定公帶左右司馬和軍隊隨行，使齊景公陰謀難以得逞。會上，孔子斥責齊國在會場所奏的夷樂與淫樂，大義凜然。齊國提出要魯國在齊國軍隊出境時，以三百甲車陪同出行；孔子則針鋒相對，要求齊國歸還原屬魯國的田地。孔子不辱使命，為魯國在外交上挫敗齊國，同時也向世人展示了他的智謀和辯才。

第三節　擇善固執

【小故事】

孔子在魯國執政不久，有感於無法有所作為，只得帶着弟子離開，展開「周遊列國」之旅，途經衛、曹、宋、陳、蔡、楚等國，歷十四年才返回魯國。在這段顛沛流離的旅途中，最艱難的要數在匡被包圍與厄於陳蔡之間了。為何孔子會被匡人所包圍呢？原來是因為孔子的模樣像陽虎，匡人與陽虎有仇，他們以為陽虎來了，便把孔子拘禁起來。孔子自認為有上天的使命，匡人不能把他怎樣，泰然處之。子路本想和匡人動武以突圍，孔子不讓他這樣做，反而和他彈瑟唱歌。後來匡人知道弄錯了，便釋放了孔子。至於厄於陳蔡之間一事，請看下文分解。

【原文】

〈衛靈公〉

在陳絕糧，從者病[1]，莫能興[2]。子路慍見[3]曰：「君子亦有窮乎？」子曰：「君子固窮[4]，小人窮斯濫矣[5]。」

---

① **從者病**：從者，追隨者，指孔子的弟子們。病，餓得生病。

② **莫能興**：興，起來。莫能興，意即起不來。

③ **慍見**：慍（粵 wan3；普 yùn），怨恨。慍見有兩解，一解指子路心中有怨恨，因而見孔子；另一解指子路臉上有慍色。兩解皆可通。

④ **君子固窮**：固有兩解，一解作「固然」，全句意即君子固然會有窮困的時候；另一解「固」作「堅固」，全句意即君子在窮困時仍堅持自己的志向及原則。兩解均可通。

⑤ **小人窮斯濫矣**：濫，過度或失當。此句意即小人在窮困的時候，甚麼事情都幹得出來。

【譯文】

孔子一行人在陳斷絕了糧食，弟子們都餓病了，想起身也沒力氣。子路心懷怨恨，對孔子說：「君子也會有這樣窮困的時候嗎？」孔子說：「君子在窮困時，仍堅持自己的志向及原則；小人在窮困時，甚麼事情都幹得出來。」

【賞析】

孔子一直希望能出仕，造福百姓，實現他心中的「道」。他帶弟子周遊列國，四處尋求能夠賞識他、認同其理念的為政者，可惜始終未能找到。問題出在哪裏呢？有人說，問題在春秋末的亂世，根本不適合實行孔子的仁政德治；也有人認為，問題在孔子不懂得靈活變通，犧牲原則以求合於時勢。這些道理，其實孔子都明白，但他的抉擇背後，有其一套主張，要言之，曰：「命」與「義」。

孔子周遊列國，屢屢碰壁，也不氣餒。楚國召請孔子，孔子擬往應聘，去到陳國和蔡國的邊境上，陳蔡兩國的大夫擔心孔子仕楚對己不利，把孔子圍困在野外。孔子一行糧食斷絕，弟子都餓病了。子路憤然地問：「君子也會有這樣窮困的時候嗎？」子路心中的怨憤，是不難理解的。君子有道德，待人以誠，處事時時按道義而行，為何卻反而飽受人們逼迫呢？為何上天不眷顧呢？子路只知其一，不知其二。君子不一定因行善而事事順利；相反，君子正是在困境中磨練而成的。不過君子與小人面對困境的處理方法不同。孔子說：「君子在窮困時，仍堅持自己的志向及原則；小人在窮困時，甚麼事情都幹得出來了。」為何君子面對大逆境時仍能固守他的信念呢？這是因為，君子心中有「命」與「義」。子夏說：「死生有命，富貴在天」(《論語・顏淵》),此句可移到這裏作注解。死生富貴,安於天命,只管盡「義」即可,君子通通處之泰然。

【想一想】

(1)孔子及其弟子明知他們心中的「道」不能行於當世,但仍追求心中的理想,你認為這是否明智?這種做法你是否認同?

(2)子曰:「君子固窮。」你有沒有試過面對逆境而能堅守信念?抑或像小人般放肆胡來?試和同學分享經驗。

【知識小學堂】

孔子及其弟子怎樣從陳蔡之厄脫險?孔子到楚國後的遭遇又如何?

答:在危急關頭,孔子派子貢出使楚國求救。楚昭王派軍隊迎接孔子一行人,陳蔡之圍遂解。到了楚國,昭王本有意以七百里地封孔子,但楚國令尹子西擔心孔子及其弟子皆賢能之士,恐怕孔子有了封地後勢力坐大,日後會對楚國構成威脅,因而極力勸阻昭王,使他打消了這個念頭。

第四節 堅持原則

【小故事】

孔子周遊列國期間，有一次，看到長沮和桀溺一起耕田，便使子路問他們津渡在哪兒。長沮說：「車上執轡繩者是誰？」子路回答說：「是孔丘。」長沮問：「是魯國的孔丘嗎？」子路回答說：「正是。」長沮說：「那他應該知道津渡在哪裏的了！」子路又向桀溺詢問，桀溺說：「你是誰？」子路說：「我是仲由。」桀溺問：「是魯國孔丘的弟子嗎？」子路回答說：「是。」桀溺說：「洪水滔滔，到處氾濫，全天下都是這樣，誰能改變它呢？況且與其跟從避人之士，倒不如跟從避世之士吧！」說罷繼續耕田。子路把剛才的事告訴孔子，孔子悵然地說：「人不可與鳥獸群居，我不和世人一起生活，又可以和誰一起生活呢？要是天下有道，我也不用從事改革了。」由此可見，孔子也了解隱士的選擇，但他堅持走自己的路，在世間為理想而努力不懈。

【原文】

（一）

〈公冶長〉

子謂南容[1]：「邦有道，不廢；邦無道，免於刑戮。」以其兄之子妻之[2]。

（二）

〈憲問〉

憲[3]問「恥」。子曰：「邦有道，穀；邦無道，穀，恥也。」

（三）

〈泰伯〉

子曰：「篤信好學，守死善道。危邦不入，亂邦不居。天下有道則見[4]，無道則隱。邦有道，貧且賤焉，恥也；邦無道，富且貴焉，恥也。」

---

① **南容**：南宮適（「適」另作「括」），名縚，字子容，孔子弟子。

② **以其兄之子妻之**：子，指女兒；妻，作動詞；妻之，嫁給他（南容）。

③ **憲**：姓原，名憲，字子思，孔子弟子。

④ **見**：同「現」。

【譯文】

（一）

孔子評價南容道：「國家政治清明時，他不會被廢棄；國家政治黑暗時，他能免於受刑罰。」於是把自己的姪女嫁給他。

（二）

原憲問甚麼是「恥辱」。孔子說：「國家政治清明時，做官領薪俸；若果國家政治黑暗時，還是做官領薪俸，這便叫恥辱了。」

（三）

孔子說：「堅信正道，用心學習它，堅守它以至於死。危險的國家，不前往；動亂的國家，不居住。天下有道則出來做事，天下無道則歸隱不出。國家政治清明時，如果貧窮而低賤，是恥辱；國家政治黑暗時，如果富裕而尊貴，也是恥辱。」

【賞析】

孔子在《論語・微子》中稱許商末的比干、箕子和微子為「仁者」。他們三位都是賢臣，都曾以忠言勸諫紂王，但意見沒有被接納，結果微子離開紂王，箕子佯狂為奴，比干因進諫而被殺害。比干失去了性命，箕子失去了可貴的自由和尊貴的身份，兩人都付出了沉重代價。但微子則選擇了離開，這樣做是否未盡忠呢？是否退縮呢？孔子一向把「仁」看得很重，從不輕易許人。可以推想，孔子非常認同、讚賞微子的行為。

孔子也很賞識南容，為甚麼呢？南容德才兼備，國家政治清明時，不會被埋沒；國家政治黑暗時，他懂得明哲保身，能免於刑罰。由此可見，孔子雖認同君子當以天下為己任，但並不提倡作無謂犧牲，適當時可選擇退下來。在第二和第三個篇章中，孔子都把君子在「邦有道」時與「邦無道」時的處身之道，作出了對比。綜合而言，孔子認為君子在「邦有道」時，應晉身仕途，為國家、為君主、為人民，建功立業；這時不把握機會而得顯達，反而自甘貧賤，是可恥的。可是，如果在「邦無道」時，仍然霸佔官位，貪圖個人的功名利祿，與昏君、奸臣同流合污，這則更可恥。因此，在「邦無道」時，與其佔據官位，不如隱藏不出。

儒家主張「窮則獨善其身，達則兼善天下。」在逼不得已時可選擇退隱江湖，但如果客觀環境容許，還是要積極有為的，此所謂「用之則行，舍之則藏。」

【想一想】

（1）孔子認為在政局清明時應當奮發有為，自甘貧賤是恥辱；而道家則認為富貴不值得追求。你認同哪一種見解？你認為怎樣做較為適合現今的香港社會？

（2）有人認為敢言直諫好，亦有人認為全身而退更可取。在現今言論自由有保障的香港，你認為該效法誰？

【知識小學堂】

《論語》中提到殷末三位諫臣，死的死，逃的逃，他們的結局是怎樣的？

答：比干強諫商紂王，觸怒了他，他說：「我聽聞聖人的心有七個孔竅，是不是真的呢？」於是把比干的心剜出剖開，使比干落得死無全屍的下場。箕子佯狂為奴，被囚禁，在周武王滅商後，獲封於朝鮮。微子逃出國外，後獲周成王封於商丘，建立宋國，為宋國國君的始祖。

【強化訓練】

一、 選擇題

（1） 「仕而優則學，學而優則仕。」這句話是孔子哪個學生說的？

A. 子夏　B. 子張
C. 子貢　D. 子游

（2） 孔子認為由善良的人教化人民多少年才可以讓人民上戰場？

A. 三年　B. 五年
C. 七年　D. 九年

（3） 孔子回答子貢問如何治國時，指出有三大根本，它們是「足食」「足兵」，還有甚麼？

A. 法制完善　B. 人民信任政府
C. 經濟繁榮　D. 官員廉潔

（4） 「在 ____ 絕糧，從者病，莫能興。」

A. 宋　B. 衛
C. 魯　D. 陳

（5） 承上題，孔子之所以會經過「____」，是因應哪國的聘請而路過呢？

A. 齊　B. 晉
C. 楚　D. 秦

（6） 「死生有命，富貴在天」是孔子哪個弟子說的話？

A. 子貢　B. 子夏
C. 子張　D. 顏淵

（7） 「邦有道，不廢；邦無道，免於刑戮。」是孔子對誰的評價？

A. 南容　B. 仲弓
C. 子路　D. 以上皆不是

（8） 本章中誰人向孔子問「恥」？

A. 原憲　　B. 顏淵

C. 曾子　　D. 以上皆不是

二、 字詞解釋 / 語譯

（1） 「三年學，不至於穀」中的「至」指甚麼？

____

（2） 「三年學，不至於穀」中的「穀」指甚麼？

____

（3） 「從者病，莫能興。」中的「興」是甚麼意思？

____

（4） 「子路慍見」中的「慍」是甚麼意思？

____

（5） 「小人窮斯濫矣」中的「濫」是甚麼意思？

____

三、 問答題

（1） 為何孔子強調須是善人教育人民的才可讓人民上戰場呢？

____

____

（2） 請問商紂王時三位諫臣——比干、箕子、微子，最終各有怎樣的下場？

____

____

第十二章 孔子與教化

第一節　善於交流

【小故事】

孔子晚年專心努力整理文獻。孔子在《論語．子罕》中說：「吾自衛反魯，然後《樂》正，《雅》《頌》各得其所。」可見在保留周朝禮儀文獻方面做得較好的魯國，其《樂》也不正，《雅》《頌》也未得其所，文獻已失真，有失傳的危機，故孔子下功夫整理一番，使之能流傳於世。

孔子有感於其時「世衰道微，邪說暴行有作，臣弒其君者有之，子弒其父者有之」，感到恐懼，因而編著《春秋》。「孔子成《春秋》而亂臣賊子懼。」（以上見《孟子》）。是故孔子說：「知我者其惟《春秋》乎！罪我者其惟《春秋》乎！」由此可見，孔子編修《春秋》以至其他重要文獻，都有很大的抱負，對當世與後世都具有重大意義。

【原文】

（一）

〈陽貨〉

子謂伯魚[1]曰：「女為〈周南〉〈召南〉[2]矣乎？人而不為〈周南〉〈召南〉，其猶正牆面而立也與？」

（二）

〈陽貨〉

子曰：「小子[3]！何莫學夫《詩》[4]？《詩》，可以興，可以觀，可以群，可以怨[5]。邇之事父[6]，遠之事君，多識於鳥獸草木之名。」

---

① **伯魚**：孔子獨生子，名鯉，字伯魚。

② **〈周南〉〈召南〉**：皆是詩篇名，今存《詩經．國風》。

③ **小子**：孔子對弟子的稱呼。

④ **何莫學夫《詩》**：為甚麼不學習《詩經》呢？

⑤ **興、觀、群、怨**：詳見【譯文】。

⑥ **邇**：近。**事**：作動詞，侍奉。

【譯文】

（一）

孔子對孔鯉說：「你學過〈周南〉〈召南〉這兩篇詩嗎？一個人不學習〈周南〉〈召南〉，大概就像面對牆壁站立而無法前進吧？」

（二）

孔子說：「學生們，為甚麼不學習《詩》呢？《詩》，可以感發情志，可以觀察世事，可以學到如何合群，可以表達怨刺諷喻。從近處講，可以學會如何侍奉父母；從遠處講，可以學會如何侍奉君上；又可以多認識鳥獸草木的名稱。」

【賞析】

在孔子對《詩》的論述中，最著名的當是「不學《詩》，無以言」這一句了。為甚麼不懂《詩》的後果那麼嚴重，會連話都不能說呢？孔子那時的人，在高尚的、隆重的場合，例如在廟堂上，常常會引用《詩經》中的句子，一來顯得自己高雅、有文化；二來顯得場合莊重，這樣的例子在《左傳》有很多，有興趣的話可以一讀。

詩歌，是最精煉的語文藝術，講究煉字、鍛句、謀篇，廣泛應用各種修辭手法。然而，過度修飾有時反而於詩歌有損，孔子在《論語．為政》中曰：「《詩》三百，一言以蔽之，曰『思無邪』。」「思無邪」就是「情思要純正」。寫詩怎能做到「情思純正」呢？《易．乾》中言：「修辭立其誠」。作者心意真誠，作品才能「情思純正」。

學《詩》，不但可以應用於政治與外交等事務，對學習如何做人，如何立身處世，皆有幫助。孔子要求孔鯉學〈周南〉和〈召南〉，並指假如不學的話，會像面對牆壁站立一樣，不能進步。這是甚麼意思呢？按朱熹的解釋，這是指「一物不可見，一步不可行」。孔子為何特意把〈周南〉和〈召南〉拿來教孔鯉呢？原來這兩篇詩講的以夫妻關係為主，儒家一向重視修身齊家治國平天下，孔子希望孔鯉先學懂齊家之道。

在第二個篇章，我們可以了解到學《詩》對個人發展用途廣泛，人們可以之感發情志、觀察世事，學懂如何在群體中自處和與人相處，也可以學懂如何向君上表達諷喻，對學習怎樣侍奉父母和君上都有幫助，還可以多認識鳥獸草木的名稱，增廣見聞。可見學《詩》在教育中是很重要的。

【想一想】

（1）你在中小學時讀過不少詩歌作品，當中有沒有哪首詩是你特別喜歡的？有沒有哪位詩人是你特別欣賞的？試和同學交流分享。

（2）孔子指出了學習《詩經》的廣泛用途。你認為現代人學習詩歌，除了能提升文學修養外，還有甚麼益處？

【知識小學堂】

為何孔子給兒子取名為「鯉」，字「伯魚」？

答：據《孔子家語》所載，孔鯉出世時，魯昭公以鯉魚為禮物賞賜給孔子，孔子為紀念此事，便為兒子取名為「鯉」，字「伯魚」。

第二節 任重道遠

【小故事】

孔子畢生育才無數，隨着他年事日高，眾弟子也日漸凋零，老的老，病的病，死的死，縱然孔子性格豁達樂觀，也不免痛苦和哀傷。最令孔子傷心的是顏回早逝。眾所周知，孔子最喜愛、最欣賞、最器重的學生是顏回。因此，孔子一向視顏回為最理想的接班人，對他寄望甚殷。當孔子驚聞顏回的死訊時，他大呼「天喪予！天喪予！（天亡我也）」。孔子另一名得意弟子——子路，也先孔子而離世。魯哀公十五年，子路與子羔同在衛國為官，其時發生了蒯聵之難，孔子聞訊便說：「柴（子羔）會逃回來，由（子路）大概會喪命吧！」不久，衛國的使者帶來子路的死訊，孔子在中庭痛哭。孔子曾為子路剛強的性格而高興，但也表示擔心他不得善終，結果不幸而言中。

【原文】

（一）

〈公冶長〉

子使漆雕開仕[1]。對曰：「吾斯之未能信。」子說[2]。

（二）

〈先進〉

子路使子羔為費宰[3]。子曰：「賊[4]夫人之子！」子路曰：「有民人焉，有社稷[5]焉，何必讀書，然後為學？」子曰：「是故惡夫佞者[6]。」

---

① **漆雕開**：姓漆雕，名啟，字子開，孔子學生。

② **子說**：說，通「悅」。子說，孔子對此感到高興。

③ **子羔**：姓高，名柴，字子羔，孔子學生。**費宰**：費邑的長官。

④ **賊**：動詞，害的意思。

⑤ **社稷**：社是土神，稷是穀神，同祀於一壇。

⑥ **佞者**：善辯的人，多帶貶義。

【譯文】

（一）

孔子使漆雕開做官，漆雕開回答說：「我對此不是很有信心。」孔子感到高興。

（二）

子路打算讓子羔做費邑的長官。孔子說：「這樣做是害了人家的兒子。」子路說：「有人民供管理，有社稷供祭祀，何必一定要讀書，才算是學習呢？」孔子說：「我因此而討厭巧言強辯的人。」

【賞析】

孔子一生育才無數，「弟子三千」，兼通六藝的有「七十二賢」，當中尤其傑出的是孔門「十哲」：「德行：顏淵、閔子騫、冉伯牛、仲弓。言語：宰我、子貢。政事：冉有、季路。文學：子游、子夏。」（《論語・先進》）由此可見，孔門的教學內容範圍很廣，主要有德行、言語、政事、文學等「四科」，當然，「六藝」——禮、樂、射、御、書、數——也是不可或缺的。透過傳授這些學問與技能，孔子造就了大量的人才。

第一個篇章記述了孔子使漆雕開做官，但漆雕開沒有答應，並說自己對此還是不太有信心。孔子對這個答覆很滿意，為甚麼呢？孔子說過：「學習了三年，仍未有謀取官職以享用俸祿的打算，這樣的人是難得的。」（《論語・泰伯》）做官必須修養好自己的才德，正如子夏所說：「仕而優則學，學而優則仕。」（《論語・子張》）漆雕開沒有急急求出仕，有自知之明，有反省自己，令孔子很高興。

在第二個篇章中，子路任命子羔當費宰，孔子不認同。因為費邑政情複雜，子羔又太年輕，孔子怕他水平不夠，難以勝任。子路卻說：「有人民供管理，有社稷供祭祀，何必一定要讀書，才算是學習呢？」簡直是拿費邑的人民和社稷當白老鼠了！難怪孔子當面批評子路強辯。

孔子以禮樂教育學生，他們學成後獲任為官，便能愛君上和愛百姓，並以身作則，推己及人，以禮樂教育百姓；百姓受了禮樂教育，便能遵守禮樂的規範，令社會和諧共融。這正是孔子的「教化」理念，十分重要。

【想一想】

（1）孔子教學生，以德行、言語、政事、文學為「四科」，你認為作為一個現代的知識分子，最應具備的是哪幾門學問？試和老師與同學討論。

（2）孔子以「教化」為教育學生的理想，你認為現在的教育，除了教授專業的知識與技能外，還應該抱有甚麼教育理想？試和老師與同學討論。

【知識小學堂】

孔門「十哲」的稱號從何而來？

答：孔門「十哲」的稱呼，始於唐朝開元八年。其時的國子司業李元，認為顏子在孔廟中配享為立像不符合禮制；且四科弟子列像廟堂不參享祀，反而何沐等廿二位先儒得享從祀，這樣的安排不合理，於是他提出以四科弟子受祀。李元的建議獲朝廷接納，遂以孔門四科弟子共十人，均設坐像受祀，稱為「十哲」。

第三節 關心社會

【小故事】

孔子晚年居魯國，不任官職，專心編書授徒，但他仍然關心政事。孔子門下的學生有不少身居要職，不時向孔子請教為政之道，當中身任魯國權臣季氏管家的冉有不時來請益。有一次，冉有上朝後下班，時間遲了些，孔子問他：「為何這麼遲才回來呢？」冉有答道：「有政事要辦。」孔子說：「是私事吧！如果是政事，我即使沒有參與，也會聽到的呀！」由此可見，孔子不單關心魯國的政事，也有不少當政者向他請益。

又有一次，季氏要討伐魯國的附庸國顓臾，冉有和子路把消息告知孔子。孔子說：「冉求呀！這難道不是你的錯嗎？這顓臾，獲先王封為東蒙山之主，又在魯國疆域之中，乃是社稷之臣，為何要興兵討伐呢？」冉有說：「這是主公的決定，我倆做下屬的，並不想這樣做。」孔子對此答覆不滿意，他指出為人臣屬者，能出力的便該任職，不能的話便該辭職。孔子的教導，對時局有一定的影響力。

【原文】

（一）

〈顏淵〉

季康子[1]問政於孔子。孔子對曰：「政者正也，子帥[2]以正，孰[3]敢不正？」

（二）

〈顏淵〉

季康子患[4]盜，問於孔子。孔子對曰：「苟子之不欲[5]，雖賞之不竊！」

---

① **季康子**：姬姓，季氏，名肥，謚康，春秋末魯國大夫，為魯國權臣季桓子的兒子兼繼承人。

② **帥**：通「率」，動詞，意即領導。

③ **孰**：誰、哪個。

④ **患**：動詞，憂慮。

⑤ **苟**：如果、假設。**不欲**：不貪慾。

【譯文】

（一）

季康子向孔子請教為政之道。孔子回答說：「『政』的意思與『正』相通，就是公正。若你帶頭秉承公正行事，手下哪個敢行事不公正呢？」

（二）

季康子憂慮盜賊猖獗，問孔子該怎辦。孔子回答說：「要是你不貪婪，即使獎賞偷竊者，他們也不會去偷竊呀！」

【賞析】

孔子晚年居魯，雖然不再擔任官職，但朝野上下有不少人，包括國君魯哀公及權臣季康子，對孔子都相當敬重。孔子儼然「國老」般指點政事，對國政有一定的影響力，繼續實踐他教化事業的理想。

在第一個篇章中，孔子以文字訓詁的方式，把「政」解作「正」，兩字同音而意義密切相關。孔子認為從政的目的在教化，使人民歸於「中正」之路，做好本份，令社會和諧融洽，如此而已。領導者若希望能達到這個目標，必須先由自己做起。領導者本身中正，他的僚屬以及人民也就自然會跟隨，因此孔子說：「若你帶頭秉承公正行事，手下哪個敢行事不公正呢？」這個道理，孔子在另一次回答季康子時說過：「君子之德風，小人之德草。草上之風，必偃。」上行下效，就像風在上吹而草跟着倒下一般。可見在上位者做好榜樣是多麼重要啊！以身行來教化的力量又是多麼大啊！

在第二個篇章中，我們可以從反面看到領導者其身不正帶來的惡果。季康子對當時魯國盜賊猖獗感到憂慮，不知道怎樣應付，於是向孔子請教。誰知孔子沒有向季康子建議任何對付盜賊的方法，反而指出季康子才是最大的元兇！是他帶頭貪婪，四處搜刮錢財，導致國內盜賊橫行。類似的道理，老子也說過，《道德經》曰：「不貴難得之貨，使民不為盜。」從以上篇章可見，從政者須修養好自己的品德，做個好榜樣，才能做好教化的工作。以上所言，其實就是本書〈無為而治〉一節的意思。「為政以德」，首先要「恭己」，這樣地「正南面」，便能「譬如北辰」，「居其所而眾星拱之」。

【想一想】

（1）孔子十分強調領導者以身作則的重要性。就你所知，歷史上有哪位領導者是自己做了好榜樣而使國家大治的？又有哪位領導者是自己做了壞榜樣而使國家大亂的？

（2）孔子以德行作為衡量一個人是否適合從政的首要條件。你認為這套標準用於現代社會的從政者是否合適？

【知識小學堂】

甚麼叫「訓詁」？

答：「訓詁」指解釋古書中的字、詞、句的意義。訓，指用較通俗易懂的話去解釋某個字義；詁，指用當代的話去解釋字的古義，或指用普遍通行的話去解釋方言的字義。

第四節　誨人不倦

【小故事】

某天，年老的孔子清早起來，拄着枴杖，在門口悠閒地散步，唱着歌：「泰山將要崩塌嗎？梁木將要朽壞嗎？哲人將要凋萎嗎？」唱完便走進屋內，面對着門坐下來，流着眼淚。子貢聽到孔子的歌聲，說：「泰山要是崩塌了，我將仰視何方呢？梁木要是朽壞了，哲人要是凋萎了，我將何處安立呢？夫子將要生病了吧？」子貢於是走進屋裏。孔子見到子貢，對他說：「賜啊！你為何來得這麼遲呢？夏朝的人把棺槨放在東階之上，那是主位；殷朝的人把棺槨放在兩楹之間，那是處於賓主之間了；周朝的人把棺槨放在西階之上，那是在賓位了。我孔丘是殷人呀。前夜，我夢見自己坐在兩楹之間。現在沒有聖明的君王出世，天下間有誰來尊崇我呢？我恐怕是快要死了。」話畢，孔子一連病了七日，便去世了。

【原文】

（一）

〈述而〉

子曰：「默而識之[1]，學而不厭，誨人不倦，何有於我哉[2]？」

（二）

〈述而〉

子曰：「若聖與仁，則吾豈敢？抑為之不厭，誨人不倦，則可謂云爾已矣。」公西華曰：「正唯弟子不能學也。」

（三）

〈述而〉

葉公[3]問孔子於子路，子路不對。子曰：「女奚不曰，其為人也，發憤忘食，樂以忘憂，不知老之將至云爾[4]。」

---

① **默而識之**：識，音「志」（粵 普 皆同），記着。句意即把東西默記在心。

② **何有於我**：「於我何有」的倒裝，意即對我來說有甚麼（困難）呢。

③ **葉公**：本名沈諸梁，字子高，春秋末楚國的貴族兼政治家。

④ **云爾**：語助詞，意思是罷了或而已。

【譯文】

（一）

孔子說：「把知識默默記在心裏，學習而不感到厭煩，教誨別人而不感到疲倦，對我而言，又有甚麼困難呢？」

（二）

孔子說：「若說到『聖』與『仁』，則我豈敢當？我無非朝着它們，學習而不感到厭煩，教誨別人而不感到疲倦，只可說是如此而已。」公西華說：「這正是弟子們學不到的。」

（三）

葉公向子路問孔子為人怎樣，子路沒有回答。孔子說：「你為何不說：『他的為人，發憤用功以至於忘記吃飯，自得其樂以至於忘記憂愁，連老年快到也不知道哩！如此而已。』」

【賞析】

孔子很主動地向別人請教，他沒有固定的老師，據韓愈《師說》所載，孔子跟多位老師學習過，如郯子、萇弘、師襄（學琴）、老聃（學禮）等。《論語》中兩次記載了孔子「入大（太）廟，每事問」。有人目睹或聽說了這情況，反問誰說孔子知禮呢？知禮的人不該如此，孔子聽到後卻說，這樣做正是「禮」啊！學習時有不明白的地方，當勇於發問，虛心向人求教，不應怕暴露了自己的無知而羞於啟齒，這正是孔子所稱許的「不恥下問」的精神。孔子但凡遇到有學問、有才能的人，都很樂意向他們學習。如是者，通過轉益多師，兼容並蓄，孔子終於成為了大學者。

然而，孔子沒有因此而自負，反而更謙虛，別人稱許他是「聖人」「仁者」，他一向不敢當，但「學而不厭，誨人不倦」這兩項，他勇於公開承認。《孟子．公孫丑上》也有類似的記載：「昔者子貢問於孔子曰：『夫子聖矣乎？』孔子曰：『聖，則吾不能；我學不厭而教不倦也。』子貢曰：『學不厭，智也；教不倦，仁也。仁且智，夫子既聖矣！』」難怪公西華會說孔子好求知與好誨人的精神是弟子們所學不到的。

最後一章，是孔子對自己的評述：「發憤忘食，樂以忘憂，不知老之將至」。孔子以其好學精神與教學熱忱，發憤學習新知識，又樂於把學過的知識教人，以其一生為當時、為後世樹立了「教化」的崇高典範，不愧為「至聖先師」及「萬世師表」！

【想一想】

（1）孔子曾自言年少時因出身卑賤而學會了多種技藝。同學們，你們有沒有趁自己年少時積極學習多種技藝，以備將來工作所需？

（2）孔子沒有固定的老師，但凡遇到有學問、有才能的人，都主動向他們學習。你除了向父母、老師、補習老師學習外，有沒有主動向其他人學習？試和同學分享自己的學習經歷和心得。

【知識小學堂】

「至聖先師」及「萬世師表」這兩個稱號是怎樣得來的？

答：孔子於明朝嘉靖年間獲封為「至聖先師」。到清朝時，康熙皇帝親筆寫了楷書匾額「萬世師表」，掛在孔廟大成殿樑上，從此，人們便稱孔子為「萬世師表」。

一、 選擇題

（1） 孔子說學習《詩經》有很多好處，以下哪項不是孔子所說的？

A. 可以興　B. 可以辯

C. 可以觀　D. 可以怨

（2）〈周南〉〈召南〉屬於《詩經》哪一部分？

A. 國風　B. 大雅

C. 小雅　D. 以上皆不是

（3） 子曰：「《詩》三百，一言以蔽之，曰『＿＿＿＿＿』。」

A. 文有情　B. 辭有采

C. 思無邪　D. 意無俗

（4）「修辭立其誠」出自哪本典籍？

A.《尚書》　B.《詩經》

C.《春秋》　D.《易經》

（5） 孔子使漆雕開做官，漆雕開拒絕了，原因是甚麼？

A. 沒有自信心　B. 學問不足

C. 從政經驗淺　D. 欠缺聲望

（6） 子路使誰擔任「費宰」？

A. 子夏　B. 子張

C. 子羔　D. 仲弓

（7） 子曰：「君子之德風，小人之德＿＿。」

A. 雨　B. 雲

C. 草　D. 樹

（8） 子曰：「若＿＿與＿＿，則吾豈敢？」

A. 道、德　B. 忠、孝

C. 智、勇　D. 聖、仁

二、 字詞解釋／語譯

（1）「費宰」是甚麼官職？

（2）「社稷」本義是甚麼？

（3）「子帥以正」中的「帥」是甚麼意思？

（4） 子曰：「是故惡夫佞者。」其中「佞者」指甚麼？

（5）「默而識之」中的「識」是甚麼意思？

三、 問答題

（1）〈周南〉和〈召南〉的主旨是甚麼？孔子為何特意把它們提出來教孔鯉呢？

（2） 孔子使漆雕開做官，為其所拒，為何孔子反而很高興？

（3） 季康子患盜，問於孔子。據孔子所說，盜賊猖獗的主因是甚麼？

附錄

‖強化訓練參考答案‖

‖第一章：教育家孔子‖

一、（1）A　（2）B　（3）A　（4）C　（5）A
（6）D　（7）D　（8）A　（9）A

二、（1）一束肉乾。　（2）十五歲。
（3）上等的學問。　（4）有話想說卻說不出。

三、（1）學生思考過卻想不通時。（2）因材施教。

‖第二章：學習過程‖

一、（1）B　（2）C　（3）A　（4）B　（5）A
（6）B　（7）D　（8）C　（9）A

二、（1）令人喜悅。　（2）怨恨。
（3）《尚書》。

三、（1）在適當的時候實踐它。
（2）有學問和道德修養。
（3）因為他能起心動念都合乎道義。

‖第三章：怎樣當領袖‖

一、（1）C　（2）C　（3）A　（4）D　（5）A
（6）B　（7）D　（8）D　（9）B

二、（1）北極星。　（2）推薦和任命。
（3）邪曲者。　（4）整治。

三、（1） 其中一人是婦人。

（2） 因為人民未發展出道德心。

（3） 解作「正」，指歸正 / 通「革」，指改正 / 解作「至」，指至於善 / 解作「來」，指人民來歸（任選其二）。

第四章：孔子喜歡賺錢嗎？

一、（1）B （2）A （3）A （4）A （5）A

（6）D （7）C （8）D

二、（1） 讀書人。 （2） 安享。

（3） 奉承。 （4） 未知的事理。

三、（1） 市場的看門人 / 駕駛馬車者 / 鞭打犯人的行刑者 / 為達官貴人開路者（任選其二）

（2） 精益求精。

（3） 人需經過道德學問修養方能成材。

第五章：孔子談孝親

一、（1）A （2）B （3）C （4）C （5）A

（6）B （7）B

二、（1） 專心致力於。

（2） 準備或陳設食物。

（3） 年長的子女 / 父兄 / 老師。

（4） 駕駛馬車。

三、（1） 承順父母的容色很困難。

（2） 做子女的難於長期對父母保持和顏悅色。

第六章：孔子迷信嗎？

一、（1）C　（2）A　（3）B　（4）D　（5）B
（6）A　（7）D　（8）C

二、（1）被拘禁。　（2）奈我何 / 能把我怎樣。
（3）孔子。　（4）屋室西南角的神。
（5）下學平常事理而上達高明境界。

三、（1）我如不能親自參與祭祀，即使請了別人代行祭禮，也如同沒有祭一樣。/ 我不認同祭祀時有如不祭祀的態度。/ 我不贊同的祭禮，祭了如同沒祭一樣。（以上任選其一）。
（2）衛國當時的政治現實。

第七章：音樂家孔子

一、（1）B　（2）D　（3）C　（4）A　（5）B
（6）C　（7）B　（8）A

二、（1）（讓那人）重唱一遍。　（2）傳話人。
（3）使傳話人聽到瑟音與歌聲。　（4）想不到。
（5）這個地步（指沉迷《韶》樂的程度）。

三、（1）三個月（或數月）嚐不到肉味。
（2）以武力得天下。

第八章：孔子談交友

一、（1）D　（2）A　（3）D　（4）B　（5）A
（6）D　（7）B　（8）D　（9）B　（10）C

二、（1）我每天多次反省自己。（2）尊重。
（3）奉獻。
三、（1）為人辦事是否忠誠／和朋友交往是否信實／老師傳授的知識有否溫習（任選其一）

第九章：弟子三千

一、（1）C （2）A （3）C （4）B （5）C
（6）A （7）C
二、（1）宗廟裏盛黍稷的禮器。（2）拔了毛的獸皮。
（3）未成年的人。（4）國家政權。
三、（1）不遷怒、不貳過。
（2）非禮勿視、非禮勿聽、非禮勿言、非禮勿動。（任選其二）

第十章：孔子與禮

一、（1）B （2）D （3）A （4）B （5）C
（6）D （7）C （8）A （9）B （10）D
二、（1）八隊表演者。
（2）諸侯參與助祭，天子肅穆主祭。
（3）初一。
（4）供祭祀用的活的祭牲。
（5）哀傷。
三、（1）因為文（相關典籍）和獻（相關人才）不足。
（2）因為周朝的禮，借鑑了夏、殷兩朝的禮而後創制，文采特別美盛。

第十一章：孔子喜歡做官嗎？

一、（1）A （2）C （3）B （4）D （5）C
（6）B （7）A （8）A

二、（1） 想着（心念所至）。 （2） 做官領薪。
（3） 振作起來。 （4） 有怨恨。
（5） 胡作非為。

三、（1） 這是因為善人有道德，他們以道德教導人民，培養人民的忠義之心，人民便會明白報效國家的責任，在沙場上奮勇作戰。因此，民心才是士氣之本。
（2） 比干為商紂王所殺；箕子於周武王滅商後獲封於朝鮮；微子獲周成王封於宋國。

第十二章：孔子與教化

一、（1）B （2）A （3）C （4）D （5）A
（6）C （7）C （8）D

二、（1） 費邑的長官。 （2） 土神和穀神。
（3） 領導。 （4） 狡辯的人。
（5） 記着。

三、（1） 這兩篇詩講的以夫妻關係為主。孔子希望孔鯉先學懂齊家之道。
（2） 漆雕開沒有急於做官，反而懂得反省自身，有自知之明，因此孔子很高興。
（3） 季康子帶頭貪婪。

論語

中學生文言經典選讀

責任編輯：練嘉茹
裝幀設計：小 草
排　　版：陳美連
印　　務：劉漢舉

編著
施仲謀　李敬邦

出版
中華教育
香港北角英皇道 499 號北角工業大廈 1 樓 B
電話：(852) 2137 2338　傳真：(852) 2713 8202
電子郵件：info@chunghwabook.com.hk
網址：http://www.chunghwabook.com.hk

發行
香港聯合書刊物流有限公司
香港新界荃灣德士古道220-248號荃灣工業中心16樓
電話：(852) 2150 2100　傳真：(852) 2407 3062
電子郵件：info@suplogistics.com.hk

版次
2019 年 2 月第 1 版第 1 次印刷
2024 年 6 月第 1 版第 3 次印刷

規格
16 開 (210mm x 153mm)

ISBN
978-988-8572-08-3